LES DOUZE VIES DE CLARE

UN VOYAGE ENTRE LES RÉALITÉS

MARIE-HELENE LEBEAULT

ÉDITIONS MONTS ET MARÉES

Traduction : Marie-Hélène Lebeault
Correction et révision : Lilou Baillet
Couverture : Miblart

CHAPITRE PREMIER

J'aimerais pouvoir dire que je l'ai remarqué tout de suite, que j'ai ressenti l'étrangeté dans l'air. Mais la vérité, c'est que je venais de recevoir une note peu enviable à mon dernier contrôle de maths, et j'essayais de me changer les idées. Le kilomètre de marche jusqu'au bois avait atténué ma déception, et les reproches que je me faisais avaient diminué d'intensité. En entrant dans la forêt, le monde a disparu. Il n'y avait rien de magique à cela ; c'était simplement la nature. Elle m'ancrait instantanément, la terre absorbant mes soucis comme un engrais.

J'adorais me promener dans ces bois. Il y en avait davantage auparavant, mais notre ville s'était développée à une vitesse folle ces dernières années. Tel qu'il était, ce petit coin de paradis s'étendait sur environ quatre-vingt-quatre mille mètres carrés.

La plupart du temps, je faisais le tour du bois, parcourant les différents sentiers pendant environ trente minutes, puis je rentrais. Mais quand j'avais plus de temps ou que j'avais besoin d'une pause plus longue, je traversais la carrière et suivais le sentier qui menait au lac.

C'est là que je me dirigeais en ce jour fatidique. Il y a une clôture de fil barbelé autour du périmètre de la carrière, donc le visiteur en herbe doit savoir où traverser. Au fil des ans, les gens ont commencé à laisser des indices. Juste à l'écart du sentier, un ruban rouge était attaché à un arbre. Quand le sentier devenait boueux, des âmes charitables plaçaient des rochers ou des troncs tombés pour faciliter le passage.

J'étais toujours un peu éblouie quand je sortais des bois pour entrer dans la clairière. Une fois mes yeux habitués à la lumière, j'ai vu le lac de l'autre côté d'un champ de fleurs. Attends, ce n'est pas normal. Il devrait y avoir une clairière pleine de mauvaises herbes, une route et un parking entre moi et le lac. J'ai cligné des yeux, pensant que je m'étais laissée emporter par mon imagination. Mais c'était toujours là : une étendue de pelouses parfaitement entretenues et des massifs de fleurs et d'arbustes.

Poussée par la curiosité, j'ai fait quelques pas et senti une fermeté inhabituelle sous mes pieds. Il y avait un chemin de pierre gravé dans l'herbe humide de rosée. En levant les yeux tout en suivant le chemin, je me suis détournée du lac vers ce qui aurait dû être la carrière et me suis figée sur place. À mon grand étonnement, au lieu d'un trou rempli de rochers, j'ai vu un château. Peut-être n'était-ce qu'un manoir ; honnêtement, je ne connaissais pas la différence. C'était énorme.

Malgré ma mauvaise note en maths, j'étais plutôt douée dans cette matière. Je me souvenais avoir lu que le site de la carrière faisait dix hectares. Le propriétaire avait voulu y construire des logements coopératifs il y a quelques années, mais rien n'en était sorti. Ma maison était située sur un terrain d'un hectare. Cette maison, ou quelle que soit la structure, devait être au moins cinq fois plus grande que notre terrain.

Elle semblait avoir environ quatre étages de haut. L'immense structure en pierre était de forme carrée ou rectangulaire ; c'était difficile à dire de là où je me trouvais. J'ai commencé à marcher vers elle. Chaque coin avait une tourelle circulaire.

La vue sur le lac doit être incroyable de là-haut, ai-je pensé.

De chaque côté des portes cochères se trouvait une paire d'escaliers en pierre qui semblaient mener à une terrasse entourée de murs.

J'ai suivi le chemin de pierre jusqu'à un chemin plus large de cailloux ou de pierre concassée. Celui-ci ressemblait à une route ou à une allée. Un chemin menait au château, un autre au lac, et un troisième à un groupe de bâtiments plus petits à gauche du château. J'étais tiraillée. Où devais-je explorer en premier ?

Il m'est alors venu à l'esprit que j'étais soit en train de rêver, soit que j'avais été transportée dans le passé. J'aurais vraiment dû prendre le temps d'apprendre l'histoire de notre ville quand nous y avions emménagé dix ans plus tôt. Pour ma défense, j'avais six ans à l'époque, et cela n'avait jamais été abordé à l'école.

Si je rêvais, peu importait où j'allais. Je pourrais explorer à loisir, et rien ne pourrait mal tourner. Si j'avais été projetée dans le passé, j'étais probablement en train d'entrer sans autorisation, et cela pourrait mal finir. J'avais lu suffisamment de romans sur les voyages dans le temps et de romances historiques pour savoir que je devais me fondre dans le décor, et rapidement.

J'ai baissé les yeux et j'ai vu que je portais toujours mon jean, mon t-shirt et mes baskets. Si c'était un rêve, je pourrais fermer les yeux et choisir une tenue plus appropriée. Mais laquelle ? À quelle époque étais-je ? Dans tous les cas, il n'y avait aucune période du passé lointain où un pantalon moulant et un haut décolleté en V étaient appropriés. Au minimum, je devrais choisir une robe ample qui couvrirait la majeure partie de ma peau exposée.

J'ai fermé les yeux et essayé d'imaginer une simple robe qui me rendrait respectable à n'importe quelle époque. J'ai imaginé une robe victorienne bleue sur une chemise en mousseline et des jupons. J'ai tourné sur moi-même pour faire virevolter les jupes, mais en ouvrant les yeux, je n'ai vu aucun changement dans ma tenue.

Pas un rêve. Devrais-je retourner dans les bois ?

Peut-être avais-je traversé par inadvertance un portail ou franchi un voile. J'ai rebroussé chemin mais je n'ai ressenti aucune différence en entrant à nouveau dans les bois. En observant attentivement, je n'ai vu aucune différence non plus. La meilleure façon de le savoir serait de rentrer chez moi.

Après environ dix minutes, un malaise m'a envahie. J'aurais déjà dû atteindre le début de la nouvelle rue, mais j'étais toujours dans les bois. J'ai continué à marcher. Le sentier, ou plutôt une bande bien usée du sol forestier, continuait devant moi. Je l'ai suivi jusqu'à la route. Il était difficile de m'orienter, mais j'étais sûre que ce devait être l'autoroute 104 en direction de Knowlton et Sutton. Au lieu de cela, c'était une large route de terre, sans aucune voiture en vue. Il n'y avait que des bois de chaque côté de la route, dans les deux directions. C'était un Cowansville du passé. Un où ma maison n'existait pas.

Lorsqu'on est perdu, on doit se rendre au magasin le plus proche pour demander son chemin. À défaut, au domicile le plus proche. C'était le château. Cette route y menait sûrement, car c'était la seule que j'avais rencontrée jusqu'à présent. J'ai commencé à marcher.

Après environ vingt minutes, j'ai atteint une allée. En plissant les yeux, j'ai pu voir le château au bout et j'ai descendu l'allée. Au moins, j'arriverais par la porte d'entrée. À mesure qu'il se rapprochait, j'ai été à nouveau frappée par sa taille. Vu de face, il était majestueux. L'allée contournait un jardin circulaire de topiaires, bien qu'un chemin étroit le traversait.

Une fois à l'intérieur du jardin, j'ai réalisé qu'il était beaucoup plus grand que je ne l'avais estimé. Ma tête dépassait à peine les arbustes soigneusement taillés qui bordaient le jardin. C'était rassurant. Je ne me sentais pas aussi exposée que lorsque j'approchais du château, bien que ma présence n'ait pas encore été détectée, autant que je puisse en juger.

J'ai hésité au bord du jardin. Une fois l'allée traversée, je devrais monter les escaliers et frapper à la porte. J'avais le sentiment qu'il n'y aurait pas de sonnette.

J'ai senti les poils de ma nuque se hérisser. C'était cette sensation effrayante qu'on ressent quand quelqu'un vous observe. Instinctivement, j'ai levé les yeux et vu du mouvement à l'une des fenêtres de l'étage. Comme un fantôme, la personne a disparu derrière un bruissement de rideaux.

Quelqu'un était à la maison. Tête haute, je me suis dirigée vers la porte et j'ai saisi l'ancien heurtoir en laiton. Je l'ai soulevé, puis j'ai frappé fort trois fois. En tendant l'oreille, je n'ai détecté aucun son venant de l'intérieur. Joignant mes mains derrière mon dos pour qu'elles ne tremblent pas, j'ai vérifié ma posture et plaqué un sourire poli sur mon visage.

Le majordome a ouvert la porte d'un coup, m'a examinée rapidement et s'est incliné en s'écartant pour me laisser entrer.

— Bonjour, ai-je dit nerveusement.

L'homme, indifférent à ma salutation, a tendu le bras et m'a fait signe de le précéder dans le hall. Une fois qu'il eut fermé la porte, il a montré du doigt un grand banc rembourré. Je me suis assise. Il s'est incliné et est parti.

Bien que l'extérieur du château semblait carrément médiéval, l'intérieur était plus raffiné. Là où je m'attendais à voir de la pierre du sol au plafond, j'ai découvert que le hall était entièrement revêtu d'un bois sombre et bien poli. Je mourais d'envie de me lever et de regarder autour de moi, mais je suis restée assise. J'entrais sans autorisation et j'étais mal habillée ; ce ne serait pas bon d'être surprise à fouiner en plus de ça.

De ma place, mes yeux ont suivi l'un des escaliers jusqu'au palier du deuxième étage. Il y avait des portraits là-haut, mais je ne pouvais pas voir clairement les visages. J'ai vu un bout de jupe bleue qui dépassait de derrière l'une des colonnes. J'étais sur le point d'appeler mon petit fantôme quand j'ai entendu quelqu'un approcher sur ma droite.

— Vous êtes parfaitement à l'heure, a dit l'élégante dame en glissant à travers la pièce, les bras tendus comme pour m'embrasser.

D'instinct, je me suis levée à mesure qu'elle s'approchait. J'ai ouvert la bouche, mais tout ce qui en est sorti était :

— Je... Je...

— Bon sang, que portez-vous donc, Clare ? a-t-elle demandé.

— Comment connaissez-vous mon nom ? ai-je demandé, retrouvant enfin ma voix.

Son sourire s'est un peu estompé, et elle m'a dévisagée, pinçant les lèvres.

— Je vois, a-t-elle répondu.

Tournant les talons, elle est repartie par où elle était venue et a appelé :

— Venez, Clare.

Comment connaît-*elle mon nom ?* me demandai-je.

Elle pensait clairement me connaître. Peut-être nous étions-nous rencontrées, mais j'avais oublié. J'ai vérifié s'il y avait une bosse sur ma tête et n'en ai trouvé aucune. C'était vraiment très étrange.

La dame avait marché jusqu'au bout du hall avant de remarquer que je ne l'avais pas suivie.

— Ne restez pas plantée là ; venez rencontrer les autres, m'a-t-elle fait signe.

CHAPITRE DEUX

La dame me conduisit vers un salon jaune vif. Une douzaine de filles s'y trouvaient déjà. Quelques-unes lisaient, d'autres jouaient aux cartes.

L'une jouait du piano, une autre du violon, tandis qu'une troisième chantait. Je ne connaissais pas la chanson, mais elles étaient douées. Une fille peignait un paysage près de la fenêtre, et une autre griffonnait furieusement dans un carnet. Une fille agitée faisait les cent pas, vérifiant l'heure sur sa montre de sport. Au milieu de ce chaos, l'une d'elles méditait, et la dernière brodait en fredonnant joyeusement avec la chanson.

Bien qu'elles semblaient toutes avoir mon âge, aucune ne portait la même tenue. En les observant tour à tour, je me demandais si je n'étais pas tombée sur un plateau de télévision. On aurait dit qu'elles s'apprêtaient à tourner une publicité du type « Reprendre confiance en soi pour les femmes » ou quelque chose comme ça.

Chaque fille semblait représenter une activité stéréotypée avec la tenue correspondante. Je n'avais aucune idée de ce que mon look jean et t-shirt disait de moi. C'était probablement pour ça que la dame m'avait posé des questions à ce sujet. Étais-je en train d'auditionner pour un rôle dont je ne savais rien ? La fille agitée portait une combinaison futuriste tout droit sortie d'un film de science-fiction.

La dame posa une main sur mon épaule puis annonça:

— Tout le monde, voici Clare. C'est une..., elle fit une pause et me regarda, essayant d'évaluer ma provenance.

— Étudiante ? ai-je suggéré en me mordant la lèvre.

— Non ma chère, quelle est ta compétence ? répondit-elle.

Ma compétence ? pensai-je avec angoisse.

Je n'avais aucune compétence. C'était bien là le problème. J'étais une fille ordinaire, menant une vie ordinaire. D'où la tenue ordinaire.

Ayant interrompu leurs activités pour écouter la dame, les filles commencèrent à se rapprocher et à annoncer leurs compétences comme si ce n'était pas déjà évident. La fille agitée se présenta comme gymnaste. Ces filles avaient toutes leurs repères. Moi, je n'avais aucune idée de ma direction.

Avant de pouvoir m'en empêcher, j'ai lâché :

— L'inquiétude.

J'ai immédiatement plaqué une main sur ma bouche.

J'étais sur le point de leur demander leurs noms. Je n'allais quand même pas les appeler par leur compétence. À ce moment, Chanteuse s'approcha de moi, la main tendue.

— Ravie de te rencontrer ! dit-elle.

Alors que je lui serrais la main et levais les yeux vers elle, maintenant de près, le salut automatique que j'allais prononcer mourut sur mes lèvres.

Je la fixai avec confusion. C'était moi. J'étais elle. Je regardai bêtement nos mains identiques jointes l'une dans l'autre, puis à nouveau la dame qui m'avait amenée ici. Mon Dieu, elle était *moi* aussi ! Une version plus âgée de moi. Je lâchai la main de Chanteuse et regardai frénétiquement chacun des visages des filles. Elles étaient *toutes* moi ! La plupart affichaient des expressions compréhensives. L'écrivaine m'observait, prête à saisir ma réaction pour la noter dans son carnet. Les Clares jouant aux cartes gloussaient.

— Clare, tu devrais peut-être t'asseoir, dit mon moi plus âgé, me guidant vers le canapé.

Brodeuse m'offrit une tasse de thé que je pris sans boire immédiate-ment. La pianiste s'approcha avec un verre rempli d'un liquide ambré qui devait être de l'alcool. Je fronçai les sourcils et secouai la tête. Elle haussa les épaules, vida son verre d'un trait et retourna au piano. Violoniste la rejoignit, et la plupart des autres reprirent leurs occupa-tions précédentes.

Je me retrouvai avec mon moi plus âgé et Chanteuse. Brodeuse s'assit et reprit son fredonnement tranquille.

— Rassure-toi, nous avons toutes eu la même réaction, dit genti-ment Chanteuse.

Au moment où les mots sortirent de mes lèvres, je savais que c'était la question la plus idiote, mais je ne savais pas quoi dire d'autre.

— Est-ce que je rêve ? demandai-je en prenant une gorgée de thé pour occuper mes mains qui commençaient à trembler.

Mon moi plus âgé – elle était vraiment très belle, aussi vaniteux que cela puisse paraître – fut la première à répondre.

— Oui et non, dit-elle de façon énigmatique.

Elle se leva alors. Elle joignit ses mains et prit une inspiration. Je reconnus immédiatement cette posture : celle d'une conférence.

Ma mère faisait ça tout le temps. Elle appelait ça des « moments d'apprentissage ». Au milieu d'une conversation normale, ou même d'un film, elle s'arrêtait et se transformait en mère conférencière. Pas le genre de sermon où elle me réprimandait, mais le genre qu'on trou-verait dans un cours universitaire. Elle partageait un petit bout de connaissance ou d'expérience censé changer ma vie de façon profonde.

J'aimais ma mère ; c'était vraiment une femme extraordinaire. Mais quand elle passait en mode conférence, je grimaçais. Non pas parce que ses discours étaient hors sujet ou inintéressants, ils étaient souvent fascinants et divertissants. Mais parce qu'ils semblaient partir du prin-cipe que j'avais besoin de cette information. Dieu la bénisse, comme la plupart des parents, elle ne réalisait pas que les temps avaient changé et qu'ils évoluaient rapidement. Sa sagesse, bien que solide, ne me servirait probablement jamais.

Je posai la tasse de thé sur la table basse et adoptai la position d'auditrice attentive. Expression sérieuse, dos droit, mains jointes sur mes genoux.

— Ceci, est le Château Clarté. Il est situé hors du temps et de l'espace. Pour toi, il apparaît près de chez toi, mais probablement à un endroit inhabituel, commença-t-elle, les mains tendues de chaque côté pour englober la pièce

Je hochai la tête.

— Dans ma réalité, il y a une vieille carrière là où se trouve le château. Et tout cet espace près du lac est un parc naturel communautaire, précisai-je.

— Exact. Le Château est le même pour nous toutes, mais son emplacement peut différer pour certaines d'entre nous. On pourrait dire que c'est notre base ou notre quartier général, dit-elle.

— Le quartier général de quoi ? demandai-je.

Faisais-je partie d'un ordre secret de clones ?

— Je ne sais pas si tu le sais, mais le nom Clare vient du mot latin *clarus*, qui signifie brillant, clair ou célèbre. C'est pourquoi le château s'appelle Clarté. Chacune d'entre nous cherche la clarté d'une façon ou d'une autre. Et c'est ici que nous la trouvons.

Elle me laissa un moment pour digérer cette information.

Est-ce que je cherche la clarté ? me demandai-je.

Après un moment de réflexion, je devais admettre qu'elle disait vrai. Je détestais quand les gens ne communiquaient pas clairement. Je préférais avoir affaire à quelqu'un de franchement impoli plutôt qu'à des demi-vérités et des sous-entendus. Je devais hocher la tête car mon moi plus âgé continua.

— Le Château est notre véritable foyer. C'est là que nous commençons. Là où nous revenons pour nous reposer, guérir, grandir, apprendre et explorer. En allant dans le monde, nous l'oublions souvent et n'y revenons que lorsque nous dormons, à travers ce qui semble être des rêves. Finalement, nous en prenons conscience et pouvons y revenir à tout moment. C'est ce que nous appelons l'Éveil.

Je fronçai les sourcils, consciente maintenant que ce n'était pas clair et que c'était agaçant. Et j'étais agacée d'être agacée. Je soupirai et me ressaisis.

— Bon. Suis-je éveillée ou endormie ? demandai-je, espérant une réponse plus complète.

— Tu es éveillée, mais tu ne t'es pas encore Éveillée. Tu es actuellement en train de marcher dans les bois près de chez toi, dans un état de contemplation détendue qui ne nécessite pas que tu sois entièrement présente. Une partie de toi est venue ici, répondit-elle.

— Tu es en train de dire que je me promène comme un zombie pendant que mon esprit est ici ? demandai-je, horrifiée à l'idée d'avoir laissé mon corps sans surveillance. Et si je traversais la route et me faisais renverser par une voiture ?

Chanteuse se rapprocha sur le canapé et posa une main rassurante sur mon bras.

— Non, Clare. Ce n'est pas ton esprit qui a quitté ton corps. C'est ta conscience, dit-elle d'un ton apaisant.

Ma conscience ? Sérieusement ? Comment puis-je me promener sans ma conscience ?

— Tu es en train de dire que j'ai une expérience extracorporelle en plein jour ? demandai-je, le ton légèrement plus haut.

Mon moi plus âgé redressa les épaules et sourit.

— Pas exactement. Je ne pourrai pas tout t'expliquer à ta satisfaction aujourd'hui. C'est pourquoi tu es ici pour apprendre, ou devrais-je dire, *te souvenir*. Commençons par le concept d'âme. Comment définirais-tu cela ? demanda-t-elle.

— Je suppose que c'est cette partie intangible de nous. Quand nous mourons, elle nous suit dans notre prochain corps, dis-je avec hésitation.

Je n'étais pas la personne la plus spirituelle. Ironiquement, ça avait été un sujet régulier des conférences de ma mère. Merci pour l'info, maman.

— C'est un bon point de départ. Je veux cependant ajouter quelques éléments à ta compréhension. Avec chaque nouveau corps viennent une nouvelle vie, une nouvelle personnalité et de nouveaux objectifs. Dans ta définition, quand une nouvelle vie commence, l'autre se termine. En vérité, aucune vie ne se termine jamais. Pour chaque nouvelle incarnation, une nouvelle conscience naît. La conscience est une nouvelle expression de la même âme. Si l'âme était un biscuit, chaque conscience serait une saveur différente de ce biscuit. Mais c'est toujours un biscuit, tu comprends ? demanda-t-elle.

Je hochai la tête.

— Ce n'est pas parce que tu as mangé un biscuit qu'il n'existe plus. D'une part, la matière qui composait le biscuit est maintenant dans ton estomac en train d'être digérée. Elle a été transformée. D'autre part, le souvenir du biscuit est intact. Le biscuit du passé est réel. Et enfin, avant de voir le biscuit et de le manger, tu savais qu'il existait. Ce biscuit futur est également réel, continua-t-elle.

— Tu parles du continuum temporel, comment toutes les choses existent en même temps. Passé, présent et futur, dis-je.

— Oui ! s'exclama Chanteuse.

— C'est pourquoi une nouvelle conscience doit être créée à chaque nouvelle incarnation, parce que l'ancienne est toujours utilisée, avançai-je, m'enthousiasmant maintenant.

— Correct. Et l'âme est toujours consciente de chaque incarnation car elles en font partie, dit mon moi plus âgé.

— Attends, tu es en train de dire que le Château est notre âme ? demandai-je, me levant brusquement.

J'avais compris maintenant !

— Non, le Château est notre conscience, déclara Chanteuse, à peine au-dessus d'un murmure.

Je me rassis.

— Mais qui sont toutes ces personnes, alors ? demandai-je, faisant un geste vers la salle en général.

— Nous sommes toutes des versions probables de la même conscience, dit mon moi plus âgé.

Mes yeux se fermèrent, et un mal de tête se logea entre mes yeux.

— Des versions probables ? demandai-je.

— Versions parallèles serait plus précis. Connais-tu l'interprétation des mondes multiples de la mécanique quantique ? demanda mon moi plus âgé.

Ma tête pivota brusquement tandis que la réalisation me frappait. Chaque chose sur laquelle ma mère avait blablaté était vraie. Quand elle m'avait fait regarder « Que sait-on vraiment de la réalité ? », je l'avais pris pour un simple film de science-fiction. C'était vieux, et les effets visuels laissaient à désirer. Mais le message avait été clair : il existe des versions illimitées de chacun.

— Tu parles du multivers. Tu es en train de dire que tout le monde dans cette pièce est une variante de la même personne ? Moi comprise ? demandai-je.

— Oui, c'est ça, intervint Brodeuse, que j'avais complètement oubliée, assise dans un fauteuil à quelques pas.

En fait, j'avais complètement fait abstraction du reste de mes moi dans la pièce. Leurs bruits collectifs me semblaient maintenant assourdissants alors que je me retournais pour regarder les autres versions de moi.

Bien sûr, c'est ce qu'elles étaient. Elles ne pouvaient pas être clonées, et des clones auraient été identiques. Chaque moi était un peu différente. Certes, la structure de base était là : cheveux blonds, yeux verts, environ un mètre soixante-dix, même visage. Mais les cheveux variaient en longueur, en nuance et en style. Aucune n'avait la même silhouette. Certaines étaient minces, d'autres rondes. Certaines étaient clairement musclées. La posture différait également de l'une à l'autre.

— Le concept de multivers n'implique-t-il pas des versions illimitées d'une personne ? Je n'en vois qu'une douzaine environ. Et toi... Comment devrais-je t'appeler ? demandai-je tardivement à mon moi plus âgé.

— Tu peux m'appeler Professeure. Tu as raison. Cependant, nous pensons que ce serait trop accablant de toutes les rencontrer à la fois. En outre, nous ne pouvons pas toutes être ici en même temps. Non, les personnes dans cette pièce sont une sélection de Clares, âgées de quinze ans, vivant dans ce quartier.

— Où sont les autres ? demandai-je, curieuse.

— Pour simplifier, nous avons consacré une pièce à chaque groupe de Clares du même âge qui sont en train de s'Éveiller. Par exemple, dans le salon vert, tu trouveras les fillettes de douze ans. Les vingtenaires sont au deuxième étage, les trentenaires au troisième et les quadragénaires au quatrième, expliqua-t-elle.

— Et les Clares plus âgées ? demandai-je.

— Personne ne s'est jamais éveillé après son cinquantième anniversaire. Les Clares aînées sont généralement des Professeures, des Guides ou des Gestionnaires. Bien que, je dois ajouter qu'il n'y a pas de limite d'âge pour les Professeures et les Guides. Tu pourrais être un Guide de cinq ans ou une Professeure de vingt ans, répondit-elle.

— Quel âge as-tu ? Où est ta chambre ? demandai-je, fascinée.

— J'ai trente-huit ans. Notre salon est rose, répondit-elle.

J'enregistrai cette information pour référence future.

— Si je ne me suis pas encore éveillée, comment suis-je arrivée ici alors que je suis toujours éveillée ? demandai-je.

— C'est inhabituel. La vérité est que nous ne pouvions plus attendre. Nous avons besoin de ton aide, dit-elle.

CHAPITRE TROIS

J'étais assis sur l'un des bancs face au lac, le regard perdu sur les plongeons. Le soleil me réchauffait le dos et j'ai dû m'assoupir. En consultant ma montre, j'ai vu qu'il était presque dix-sept heures. Je n'avais pas prévu de rester absente aussi longtemps. J'ai envoyé un texto à maman pour qu'elle ne s'inquiète pas si elle rentrait du travail avant moi.

Maman était consultante en recrutement RH. Elle aidait les entreprises à embaucher les meilleurs candidats. Elle avait un don pour dénicher des diamants parmi les cailloux. Elle acceptait également des clients privés avec des compétences inhabituelles et les plaçait là où ils pouvaient briller de mille feux.

Elle travaillait principalement depuis la maison, sauf quand les employeurs voulaient qu'elle assiste aux entretiens. Aujourd'hui, je crois qu'elle faisait passer des entretiens pour un poste d'ingénieur à la grande usine laitière.

Elle préparait une salade quand je suis rentrée.

— Salut, chérie, m'a-t-elle lancé depuis la cuisine.

J'ai enlevé mes chaussures et me suis glissée dans la cuisine, puis je lui ai fait un gros câlin.

— C'était une longue promenade. Il s'est passé quelque chose à l'école ? a-t-elle demandé en répartissant le reste du pain de viande entre deux assiettes.

Quand elle a eu terminé, j'ai mis la première au micro-ondes.

— J'ai eu soixante-douze à mon contrôle de maths, ai-je dit en sortant les couverts du tiroir pour mettre la table.

— Je sais que tu espérais mieux, mais ce n'est pas une mauvaise note, a-t-elle répondu.

Le micro-ondes a sonné et j'ai échangé les assiettes. Maman a garni l'assiette de salade, et je l'ai posée sur la table.

— Maman, tu sais que j'ai besoin d'une moyenne de soixante-quinze pour accéder aux cours avancés de maths et de sciences l'année prochaine, ai-je dit en tapant des mains sur mes cuisses.

Elle m'a tendu son verre à remplir et j'ai récupéré la seconde assiette en revenant. Elle y a déposé une montagne de salade et nous nous sommes installées à table.

— Le mot clé ici est « moyenne ». Tu as eu quatre-vingt-un et quatre-vingt-trois aux deux premiers bulletins. Tu t'en sortiras bien pour le troisième. Ce n'est qu'un seul examen, arrête de t'inquiéter ! m'a-t-elle apaisé.

Plus facile à dire qu'à faire. Comme je n'avais aucune idée de ce que je voulais faire de ma vie, je devais garder toutes les portes ouvertes. La meilleure façon d'y parvenir était de suivre tous les cours avancés l'année prochaine pour pouvoir intégrer n'importe quel programme à l'université. Avec un peu de chance, d'ici là, j'aurais une vision plus claire de mon avenir.

Tous mes amis avaient déjà choisi leur voie professionnelle. Mel voulait devenir actrice, Julie dentiste, et Sam se dirigeait vers la faculté de droit. J'avais placé beaucoup d'espoir dans les tests d'orientation que nous avions passés avec le conseiller d'orientation, mais les résultats avaient à peine réduit mes options. Je réussirais pratiquement dans tout ce que j'entreprendrais.

Ce qui, bien sûr, était ce que maman me répétait depuis pratiquement toujours. Je suis presque certaine que c'est ce que tous les parents disent à leurs enfants. Le test précisait également que je m'épanouirais davantage en travaillant avec les gens, comme si j'avais besoin d'un test de trois heures pour me l'apprendre ! Je n'étais pas fan d'informatique, et bien que j'appréciais les moments de solitude, j'étais un être sociable de la tête aux pieds. J'aimais aider les gens. Une grande qualité, mais pas un choix de carrière en soi.

J'ai demandé à maman comment s'était passée sa journée pour changer de sujet et elle m'a demandé si j'avais beaucoup de devoirs. Quand je n'en avais pas, nous regardions des films ensemble le soir. Ce soir, je devais me préparer pour un contrôle de physique à venir.

Nous avons fait la vaisselle et je me suis dirigée vers ma chambre pour étudier. Maman a pris son verre de vin et est allée s'installer sur la terrasse arrière pour lire un livre. Maman adorait lire. Elle pouvait rester assise au même endroit pendant trois heures, ne bougeant que pour tourner les pages ou siroter ce qu'elle buvait. Café, thé ou vin, selon l'heure de la journée. Jamais d'eau, alors que c'est tout ce qu'elle buvait le reste du temps. C'était comme si elle réservait le meilleur pour ses moments de lecture. Comme un rendez-vous. J'aimerais qu'elle ait de vrais rendez-vous.

Nous feuilletions ensemble les photos sur son application de rencontres. Bien que nous nous amusions à critiquer gentiment les candidats, elle n'en trouvait jamais à son goût. Elle disait qu'elle en savait trop sur la nature humaine pour se laisser séduire par des profils de rencontres astucieux. Et les apparences pouvaient être trompeuses.

— De toute façon, j'attends mon propre Jamie Fraser, m'avait-elle confié un jour en serrant son livre préféré contre sa poitrine

J'avais levé les yeux au ciel. Je ne savais pas grand-chose de Jamie Fraser, mais je savais qu'il faisait craquer beaucoup de femmes, et de nombreux hommes aussi. Je ne pouvais pas vraiment lui reprocher son raisonnement. Je n'avais pas encore trouvé de garçon qui me plaisait à l'école. Peut-être que l'exigence de maman déteignait sur moi. C'était pratique, car je devais me concentrer sur l'école pour un avenir solide et je n'avais pas de temps à consacrer aux garçons.

Maman est venue me souhaiter bonne nuit vers vingt et une heures. Nous avions chacune notre propre routine du coucher. La mienne consistait à prendre une douche et à faire défiler les publications sur les réseaux sociaux que j'avais manquées pendant l'école ou en étudiant. Je m'endormais généralement vers vingt-deux heures. Il m'arrivait de me passionner pour quelque chose et de rester éveillée jusqu'à vingt-trois heures, mais cela chamboulait complètement mon emploi du temps du lendemain, et je résistais à la tentation autant que possible.

Ce soir, c'était facile. J'étais épuisée et je me suis endormie dès que ma tête a touché l'oreiller, tenant encore mon téléphone dans ma main.

~

J'étais dans la clairière, mais je ne me souvenais pas comment j'y étais arrivée. Quand j'ai vu le Château, les événements de la journée me sont revenus.

Pourquoi ne m'en souvenais-je pas avant maintenant ? me suis-je demandé.

Probablement parce que je ne m'étais pas encore Éveillé, si l'on en croyait la Professeure.

J'ai vérifié ma tenue et j'ai constaté que c'était la même que celle que je portais plus tôt dans la journée. J'ai envisagé d'essayer de la changer avant d'abandonner cette idée. Ils m'avaient vu porter ces vêtements et c'est ainsi qu'ils sauraient que c'était moi, l'Inquiète.

En marchant vers l'arrière du Château, je me suis rappelé ce que la Professeure avait dit juste avant que je me réveille près du lac : ils avaient besoin de mon aide. Je n'avais aucune idée de comment je pourrais être utile à un groupe de versions alternatives surinvesties de moi-même. Peut-être que l'une d'entre elles avait besoin d'une baby-sitter.

Attends, est-ce que mes autres moi ont des frères et sœurs ? Un petit ami ? Un père ? me suis-je demandée.

Cette dernière pensée s'était glissée là, croyant que je ne la remarquerais pas. J'ai grondé mon subconscient et me suis concentrée sur la recherche d'un heurtoir sur les portes arrières.

Je me tenais devant l'ouverture gigantesque. Les immenses portes en chêne étaient renforcées de motifs en fer complexes et n'avaient pas de poignée visible. Par instinct, j'ai posé mes deux mains sur l'une des portes et j'ai poussé. J'ai été récompensée par un léger mouvement. Je me suis retournée et j'ai poussé la porte avec mes fesses jusqu'à ce que l'ouverture soit assez grande pour que je puisse m'y glisser.

De l'extérieur, je n'avais entendu aucun signe de vie à l'intérieur. Mais une fois à l'intérieur, j'ai été assaillie par le chaos de ce qui semblait être une centaine d'enfants, toutes des filles, jouant dans la cour. Quelqu'un a crié « ferme la porte », et j'ai rapidement repoussé la porte de la même manière que je l'avais ouverte.

Je me suis adossée contre la porte et j'ai regardé, bouche bée, mes autres moi. La cour faisait au moins la taille d'un terrain de football. Les portes par lesquelles je venais d'entrer étaient probablement les portes de carrosse que j'avais vues plus tôt, car des chemins de graviers encadraient le périmètre de l'espace. Des enfants plus âgés marchaient ou faisaient du vélo le long du chemin. Certains étaient plus vieux, peut-être des Professeures ou des Guides, et poussaient des poussettes. Quelques groupes jouaient à la corde à sauter et à d'autres jeux similaires.

La partie centrale était divisée en quatre sections. Les deux plus proches de moi étaient des jardins avec de grandes zones gazonnées où des enfants jouaient. De grands arbres offraient de l'ombre et certains d'entre eux étaient équipés de balançoires. Il y avait des bancs tout autour de la zone où l'on pouvait s'asseoir pour lire ou regarder les autres enfants jouer.

Les deux sections les plus proches de la partie principale du Château avaient des équipements de jeux plus modernes comme des balançoires, des structures d'escalade et des bacs à sable. Ils auraient dû sembler déplacés dans la cour d'un château, mais ils étaient conçus dans un style médiéval et s'intégraient bien au reste de l'espace.

Il y avait des portes qui menaient aux ailes de chaque côté de la cour, mais je me suis dirigé vers celle de la section principale. Curieuse de me voir à différents âges, j'ai suivi le chemin à travers les jardins et l'aire de jeux.

On pourrait penser que voir autant de répliques de soi-même finirait par devenir ennuyeux ou vous faire sentir ordinaire après un certain temps. Mais chaque visage que je voyais était fascinant. Elles étaient moi, mais pas moi. Je me suis alors rendu compte qu'elles n'étaient pas complètement identiques. Contrairement aux filles que j'avais rencontrées la dernière fois que j'étais ici, les enfants n'avaient pas toutes les cheveux blonds, et elles n'étaient pas toutes caucasiennes. Heureusement, malgré leurs différences de personnalité et de comportement, elles semblaient bien jouer ensemble.

J'avais toujours désiré avoir une sœur avec qui jouer quand j'étais plus jeune, une à qui je pourrais me confier maintenant que j'étais plus âgée. Ces enfants avaient tellement de chance d'avoir toutes ces copines de jeu parfaitement assorties !

J'avais atteint le chemin et je me suis retournée pour jeter un dernier regard à mes autres moi et j'ai souri. Elles étaient si belles, et je ressentais tant d'amour pour chacune d'entre elles que j'ai senti mes yeux se remplir de larmes. Je me suis rappelée qu'une douzaine de « sœurs » m'attendaient dans la salle jaune. La joie a envahi ma poitrine et j'ai soudain eu envie de courir dans les escaliers et de me précipiter dans le Château. Ça allait être amusant.

CHAPITRE QUATRE

Je me suis réveillée de meilleure humeur que je n'aurais dû l'être. J'avais français et éducation physique aujourd'hui, les matières que j'aimais le moins. Les deux exigeaient beaucoup de participation en équipe, ce qui aurait été bien si l'un de mes amis avait été dans ma classe. J'étais la seule de mon groupe à avoir choisi le français langue première, une décision que j'ai regrettée dès le premier jour.

Puisque nous vivions dans une province francophone, il me semblait judicieux de parler le français aussi bien que possible pour augmenter non seulement mes options de carrière, mais aussi le nombre d'établissements où je pourrais être admise. Cependant, il est vite devenu évident que mes camarades de classe étaient tous déjà bilingues et avaient maîtrisé le contenu avec très peu d'effort. Moi, par contre, j'étais nulle en français.

Comme tout le monde, j'avais suivi le cours obligatoire de français langue seconde depuis la première année. J'avais aussi obtenu d'assez bons résultats, ce qui expliquait pourquoi mon choix avait été approuvé. Néanmoins, j'étais mal préparée pour les rigueurs du français langue première qui exigeait la lecture de romans littéraires, français et québécois, ainsi que la rédaction de dissertations et la participation à des débats avec le même niveau de compétence qu'en littérature anglaise. Ma maîtrise limitée de l'oral faisait de moi un handicap pour tout projet d'équipe et, au lieu de me fournir des modèles à imiter, ne faisait qu'aggraver mon anxiété de performance.

Les horreurs de l'éducation physique étaient le produit d'une autre décision mal avisée. Chaque semestre, nous pouvions choisir parmi trois activités. Julie avait choisi le tennis parce qu'elle et sa famille étaient membres d'un club et elle pensait que ce serait une note facile à obtenir. Mel avait choisi l'athlétisme car c'est une athlète née. Sam était dans le programme sports-études et passait la plupart des après-midis à la piscine. J'avais choisi le yoga parce que cela semblait être une activité individuelle relaxante où la performance serait moins importante que la pleine conscience. C'est ce que disait la brochure, en tout cas.

Il s'est avéré que certains adeptes du yoga se concentraient entièrement sur les apparences – tout est dans la tenue – et sur la forme parfaite. Je n'ai maîtrisé ni la tenue ni la forme et je quittais toujours le cours en me sentant terriblement inadéquate.

Se plaindre à Maman n'était jamais une bonne idée. Dès que j'exprimais un mécontentement concernant l'expérience du lycée, elle passait en mode Maman Guerrière et insistait pour parler ou, Dieu nous en préserve, « écrire un email cinglant » à quelqu'un. N'importe qui. À quiconque osait faire en sorte que son enfant parfaite se sente moins qu'aimée, autonome et valorisée.

Les premières fois qu'elle l'a fait, je me suis senti vengée, au début. Puis j'ai commencé à m'inquiéter que les enseignants puissent être méchants avec moi à cause de cela. Ça n'est jamais arrivé, mais je l'ai suppliée d'arrêter.

Elle a promis de ranger sa plume mortelle et simplement d'écouter quand j'avais besoin de parler. Ce dont elle était incapable. Elle devait fournir des conseils ou un plan d'action en cinq étapes pour résoudre la situation. Parfois, ses suggestions étaient utiles, d'autres fois pas vraiment.

Cela doit la faire paraître comme si sa vie tournait autour de moi. Ce n'était pas le cas. Bien qu'elle ne sortait pas beaucoup et n'avait pas eu de rendez-vous amoureux depuis des années, Maman appréciait sa propre compagnie. Beaucoup. Elle partait toujours pour quelque aventure solo ou essayait de nouvelles choses. Elle avait une intrépidité que j'enviais. Elle était si passionnée par tout, y compris moi.

Donc, même si je ne me sentais pas toujours aimée, autonome et valorisée à l'école, je savais que j'étais la prunelle des yeux de ma mère.

J'ai fait défiler les publications sur les réseaux sociaux de la veille. Mes amis ne respectaient pas un couvre-feu strict de vingt-deux heures. Sam proposait que nous déjeunions dehors aujourd'hui et suggérait, voire insistait, pour que nous prenions un repas froid et nous retrouvions à notre endroit habituel sur la pelouse arrière.

C'était vraiment une excellente nouvelle. Non seulement cela rendrait la journée plus supportable, mais cela faisait un moment que nous n'avions pas tous une heure de déjeuner libre ensemble. Sam était souvent absent pour des compétitions, Mel avait des répétitions de théâtre, et je donnais des cours particuliers d'anglais aux élèves plus jeunes. Quand aucun de nous n'était disponible, Julie mangeait seule puis se dirigeait vers la bibliothèque. Elle lisait presque autant que ma mère.

Quand je suis sortie de ma chambre, Maman m'attendait avec le câlin habituel. Je me suis dirigée vers la salle de bain et l'ai rejointe dans la cuisine. Comme elle était debout depuis les premières lueurs de l'aube, Maman pouvait devenir un peu bavarde quand elle me voyait émerger de ma chambre.

J'ai dû m'asseoir avec elle une fois et lui faire comprendre en douceur que lorsque je me réveillais, je n'avais pas l'avantage de deux heures productives et trois tasses de café dans le corps. Tout ce que j'avais, c'étaient de bons souvenirs d'un lit chaud et de vagues appré-hensions sur la journée à venir.

Elle avait compris. Maintenant, nous passions les trente premières minutes en silence. Après avoir mangé, j'ai demandé si nous avions quelque chose que je pouvais emporter pour un déjeuner froid. Maman était une bonne cuisinière, mais elle n'aimait pas faire la vais-selle, alors elle préparait d'énormes quantités de nourriture quand l'envie lui prenait. Préparer un déjeuner était généralement un jeu d'enfant. Je n'avais qu'à atteindre l'un des dizaines de contenants en verre, ainsi que de plus petits contenants qu'elle remplissait de noix, de biscuits faits maison ou de friandises, et remplir ma bouteille d'eau. Terminé.

Préparer un déjeuner froid s'avérerait un peu plus difficile. Ou du moins, c'est ce que je pensais. En quelques minutes, maman avait assemblé un festin semblable à un bento qui ferait la fierté de n'importe quel diététicien. Cela me rappelait les déjeuners incroyables qu'elle me préparait pour l'école. Savoureux, nutritifs et amusants. Je l'ai remerciée profusément de me nourrir si bien. Je faisais cela régulièrement parce que j'avais vu ce que les autres enfants à l'école mangeaient et ils étaient clairement laissés à eux-mêmes.

Pendant que je m'habillais, elle m'a demandé si je voulais qu'elle me dépose à l'école. Elle se rendait en ville pour d'autres entretiens. Je lui ai dit que je prendrais le bus. Contrairement à la plupart des lycéens, j'aimais prendre le bus. C'était seulement un trajet de quinze minutes, et je pouvais mettre mes écouteurs et faire une petite sieste. Quand je suis finalement arrivée à l'école, j'étais prête à affronter le monde. Ou le français.

Aujourd'hui, Monsieur Marcel nous faisait lire *Barbe Bleue*, un conte populaire français écrit par Charles Perrault. C'était l'histoire de Barbe Bleue, un homme riche qui, peu après son mariage, s'en allait, laissant à sa femme les clés de toutes les portes de son château tout en lui interdisant de les ouvrir. Elle n'en tint pas compte et trouva les corps de ses anciennes épouses. À son retour, Barbe Bleue remarqua une tache de sang sur l'une des clés et menaça de lui couper la tête pour lui avoir désobéi. Au moment où Barbe Bleue allait porter le coup fatal, l'épouse fut sauvée par l'arrivée opportune de ses frères.

Ce n'est pas une mauvaise histoire, sauf que nous devions lire à voix haute à tour de rôle, ce que je détestais. Ensuite, nous avons discuté de la morale de l'histoire avant de nous diviser en équipes pour mettre en ordre les douze bandes de papier placées dans une enveloppe afin de reconstituer l'histoire. Puis, par deux, nous avons dû dresser des listes des attributs physiques et émotionnels de chacun des personnages. Pour le devoir, nous devions écrire une réponse de trois cents mots à la consigne suivante : comparer et contraster la dynamique du couple avec celle d'aujourd'hui.

Après une brève conversation pendant la pause avec Mel devant mon casier, je me suis dirigée vers l'éducation physique. Au moins ici, je pouvais donner un peu de repos à mon pauvre cerveau. Non seulement mon esprit se reposait, mais mon corps aussi. Le cours d'aujourd'hui portait sur les postures de restauration. *Fastoche.*

Le cours s'est terminé par une relaxation guidée en posture du cadavre, ma préférée. Maintenant, si seulement Mme Maxwell pouvait arrêter de parler, ce serait le bonheur. Mon souhait a été exaucé quand on a frappé à la porte. Appelée ailleurs, l'enseignante nous a demandé de laisser notre esprit dériver dans une méditation silencieuse. Je me suis promptement endormi.

CHAPITRE CINQ

J'étais allongée sur l'herbe, me prélassant au soleil. La chaleur était divine sur mon visage et mes bras, et tout ce que je pouvais entendre était le chant à deux notes d'un moqueur au loin. *Attends, le chant d'un oiseau ?*

Je me suis levée brusquement. J'étais dans les champs herbeux derrière le Château.

J'ai dû m'endormir pendant le cours de yoga.

Drôle comme j'oubliais complètement le Château quand j'étais éveillée, mais quand je dormais, je pouvais tout me rappeler.

Consciente que je n'aurais probablement pas beaucoup de temps, je me suis précipitée vers le Château. La cour était vide. J'ai sprinté le long du chemin et suis entrée par la première porte à ma droite. Une fois mes yeux habitués à l'obscurité intérieure, je suis partie dans la direction qui, selon moi, menait à l'avant de la maison. Il y avait un nombre infini de portes de chaque côté alors que j'avançais rapidement dans le large couloir. J'ai résisté à la tentation d'ouvrir ces portes. Je savais ce que j'y trouverais.

Ce dont j'avais besoin maintenant, c'était une Professeure, une Guide, ou même une Gestionnaire. Je devais découvrir comment venir ici volontairement, ou du moins apprendre à rester plus longtemps la nuit. J'ai aperçu un vestibule devant moi, bien que je ne pense pas que ce soit le hall principal. En y arrivant, j'ai vu que c'était un palier. D'un côté se trouvait un escalier avec le plus beau vitrail que j'aie jamais vu. Il représentait une fille et un cheval galopant dans un champ très similaire à celui derrière le château. La fille, moi bien sûr, avait une expression de joie pure et quelque chose s'apparentant à la liberté, alors qu'elle chevauchait, les cheveux au vent, penchée sur sa monture.

J'étais tellement hypnotisée par la fenêtre que j'ai oublié pourquoi j'étais venue et j'ai sursauté au son du ding de l'ascenseur. Attends, un ascenseur ?

J'ai été réveillée par le son du triangle que le professeur faisait tinter pour réveiller les élèves à la fin du cours. Je n'étais pas la seule à m'être endormie, les adolescents étaient connus pour leur manque de sommeil. Sauf moi. Je dormais suffisamment, mais j'étais là à m'endormir partout comme si je souffrais de narcolepsie. Peut-être devrais-je prendre rendez-vous avec l'infirmière de l'école. J'en ai pris note mentalement pendant que je me changeais et me précipitais vers mon casier pour prendre mon déjeuner.

Quand je suis arrivée à la table, mes amis y étaient déjà. Ils parlaient de la nouvelle suite d'Avatar qui allait sortir.

— J'ai tellement hâte de voir ça ! ai-je dit en ouvrant ma boîte à pique-nique.

La conversation s'est immédiatement arrêtée alors qu'ils la fixaient tous.

— D'un côté, j'ai envie de te taquiner et de te demander si tu as volé le déjeuner d'un enfant de maternelle. De l'autre, j'ai envie de te supplier d'échanger avec moi comme on le faisait à l'école primaire, a plaisanté Sam.

Son déjeuner était un sandwich à la salade d'œufs acheté en magasin, un Jell-O au citron vert et un sachet de chips au sel et au vinaigre.

J'avais presque envie d'accepter l'échange s'il était sérieux. Ça avait l'air diaboliquement délicieux. Je me suis mordu la lèvre et me suis ravisée. J'avais une théorie selon laquelle la nourriture nutritive de ma mère m'avait préservée de l'acné jusqu'à présent. Cette théorie n'était que renforcée en regardant le visage couvert de boutons de Sam.

J'ai serré mon déjeuner contre moi en sifflant, « mon précieux », ce qui a fait rire tout le monde, puis nous sommes passés à d'autres sujets de discussion.

Le reste de la journée s'est considérablement amélioré. Mel, Julie et moi avions deux cours d'anglais aujourd'hui. Notre classe venait de terminer la lecture de *The Giver*, l'un de mes livres préférés. L'après-midi était consacré au visionnage de l'adaptation cinématographique et à sa comparaison avec le livre.

Quand je suis rentrée, j'étais trop agitée pour commencer mes devoirs, alors je suis ressortie. Déterminée à faire ma promenade habituelle de trente minutes, j'ai opté pour une marche rapide dans le quartier. Quand c'était possible, j'aimais aider maman à préparer le dîner.

La marche m'a fait du bien après être restée assise tout l'après-midi et quand je suis rentrée, je me sentais rafraîchie et concentrée. Le menu hebdomadaire de maman, affiché sur le frigo, indiquait que nous aurions des lasagnes ce soir. Miam ! J'ai préchauffé le four, transféré le plat du frigo au four et réglé une minuterie sur trente minutes. Cela me donnerait juste assez de temps pour écrire ma réponse pour le cours de français.

Maman est rentrée au moment précis où la minuterie du four sonnait. Elle a sorti les lasagnes et a commencé à préparer une salade. Je lui ai dit que je n'avais pas tout à fait terminé mon devoir de français et j'ai opportunément fini juste quand elle m'a annoncé que le dîner était prêt.

Pendant le dîner, j'ai raconté à maman mon déjeuner avec mes amis et le reste de ma journée. Sa journée à elle avait été sans histoire. Elle était contente que les entretiens soient terminés. Elle prévoyait de travailler ce soir. Si elle envoyait ses recommandations ce soir, elle en aurait fini avec ce client et pourrait se reposer tranquillement demain.

Cela signifiait l'une de ces deux choses : soit elle passerait une journée dans un spa local, soit elle cuisinerait toute la journée.

Une fois la vaisselle faite, chacune est partie de son côté jusqu'au moment de se souhaiter bonne nuit. Nous étions vraiment des créatures d'habitude.

CHAPITRE SIX

C ette fois, je me retrouvais sur l'allée menant à la porte d'entrée. Il devait y avoir un moyen plus rapide d'arriver à destination. Quand j'ai atteint le Château, je n'ai pas pris la peine de frapper. La porte était déverrouillée et je me suis dirigée vers le salon jaune.

Il y avait encore une douzaine de filles, mais certaines étaient nouvelles. L'une était habillée en danseuse de ballet. Je n'arrivais pas à croire qu'il existait un monde où j'étais aussi mince et gracieuse. Une autre portait une blouse de laboratoire avec des lunettes de protection relevées dans ses cheveux. J'ai pris note mentalement de lui demander de l'aide pour mon prochain examen de physique.

Mon regard s'est posé sur une fille emo assise en tailleur sur le sol, dos au mur. Elle portait un jean noir moulant, des Converse noires et un t-shirt sur lequel on pouvait lire « Le noir est ma couleur joyeuse ». Sa frange de cheveux visiblement teints en noir dissimulait une partie de son visage, mais c'était toujours moi. Avec une frange ! Et un piercing au nez. Et un maquillage noir très prononcé. Incroyable.

J'ai secoué la tête et cherché Chanteuse du regard. Elle semblait être la meneuse ici. Elle était assise sur le piano en interprétant avec émotion *Tomorrow* de la comédie musicale Annie. J'ai couru vers elle et me suis arrêtée juste devant elle. Elle fixait le vide et a soudainement reculé en me voyant dans son espace. Elle a trébuché puis s'est arrêtée brusquement de chanter.

— Qu'est-ce qui ne va pas ? a-t-elle demandé en descendant du piano et en posant une main sur mon épaule.

— Ce qui ne va pas, c'est que je ne peux jamais rester ici assez long-temps pour obtenir des informations, et quand je me réveille, j'ai tout oublié ! ai-je répondu dans un cri presque hystérique.

Elle a hoché la tête avec compréhension.

— Oui, je comprends la difficulté. C'est parce que tu n'as pas encore Éveillée.

— Alors est-ce que quelqu'un peut me réveiller ? Et aussi, y a-t-il un moyen d'arriver directement dans cette pièce ? Je n'arrête pas d'ar-river à différents endroits à l'extérieur, et ça prend une éternité pour venir jusqu'ici. Une fois, j'ai réussi à atteindre la porte arrière, et la dernière fois l'ascenseur, ai-je dit, frustrée.

— Je vois, a-t-elle dit calmement, et j'ai eu envie de la secouer.

Je me suis retournée, cherchant la Professeure, mais elle n'était pas dans la pièce.

—Je ne peux pas t'éveiller, mais je peux t'aider à rester ici plus longtemps.

Je lui ai lancé mon meilleur regard qui signifiait « viens-en au fait », et elle a continué :

— Répète après moi. « Je souhaite rester au Château aussi long-temps que nécessaire pour atteindre mon objectif. »

Elle a souri largement, fière d'être utile. Celle-là pourrait me donner des leçons de calme et de bonne humeur. J'ai pris une profonde inspiration et répété la phrase. J'ai attendu un moment, mais rien ne s'est produit.

— Comment puis-je savoir si ça a marché ? ai-je demandé, impatiente.

— Tu devras me croire sur parole, a-t-elle répondu en m'entraînant vers le canapé où Brodeuse était assise, brodant paisiblement et fredon-nant, bien qu'aucune musique ne jouait actuellement. Je lui ai fait un signe de tête et elle m'a adressé un sourire serein. Elle serait ma référence pour la patience et la sérénité.

Chanteuse et moi nous sommes assises face à face, elle sur le canapé et moi dans l'un des fauteuils.

— Demain soir, avant de te coucher, tu devrais dire la phrase que je viens de te donner ainsi que « Je souhaite aller dans le salon jaune » et « Je souhaite me souvenir de tout ce qui concerne ma visite au Château ». Cela devrait résoudre tes problèmes immédiats, a-t-elle dit.

À cet instant, la Professeure est apparue par la porte et m'a demandé de la suivre. J'ai haussé les épaules et fait un signe à Chanteuse et Brodeuse. Elle m'a conduite dans le couloir jusqu'à l'ascenseur que j'avais vu plus tôt dans la journée. Ce devait être un ajout récent. J'étais presque sûre que les châteaux médiévaux n'avaient pas d'ascenseurs. En descendant, je lui ai parlé de ma conversation avec Chanteuse.

Elle a hoché la tête en signe d'approbation.

— Oui, tu devrais pouvoir rester plus longtemps aujourd'hui. Surtout puisque notre objectif est d'accélérer ton Éveil, a-t-elle répondu.

L'ascenseur a sonné et nous en sommes sorties dans ce qui devait être autrefois les donjons. Bien que le couloir fût bien éclairé et le mur de pierre propre, il y avait une humidité indéniable dans l'air. Il faisait plus frais ici qu'en haut, et j'ai légèrement frissonné. Alors que je la suivais dans le couloir, je me demandais si je pouvais faire apparaître un pull, quand mon sweat à capuche préféré est apparu dans mes mains.

Devant mon air stupéfait, la Professeure a ri doucement.

— Tu as beaucoup à apprendre, a-t-elle dit en s'arrêtant devant une porte.

C'était une version plus petite de la porte du carrosse, avec une petite ouverture. Il y avait des barreaux dans l'ouverture et je ne pouvais m'empêcher de penser que cela menait à une chambre d'isolement, ce qui m'a fait faire un pas en arrière involontaire.

— Ne t'inquiète pas, c'est juste un bureau, a-t-elle dit en ouvrant la porte.

Elle n'était pas verrouillée. Elle a ouvert la voie et allumé une lumière au plafond. La pièce à l'intérieur ressemblait à un bureau ordinaire, sauf que le mur du fond était un aquarium du sol au plafond. La Professeure m'a fait signe de m'asseoir dans l'un des fauteuils devant le feu, face à l'aquarium. Je n'ai pas pu m'empêcher de me retourner pour demander :

— Est-ce que c'est réel ?

Elle a ri doucement.

— Non, c'est une illusion. Je ne choisis pas l'emplacement de mon bureau, mais j'ai un contrôle total sur son apparence. J'aime l'océan. Préférerais-tu une autre vue ?

— Non, c'est bien, ai-je répondu en me retournant vers la cheminée.

La chaleur du feu chassait l'humidité et le froid, et peu après, j'ai enlevé mon sweat à capuche.

— Bon, commençons. Je suis sûre que tu as beaucoup de questions, a-t-elle dit en faisant une pause pour me laisser les poser.

— En effet. Hier, tu m'as dit que tu avais besoin de mon aide, mais tu ne m'as jamais dit pourquoi. Je suppose que c'est la raison pour laquelle l'objectif est d'accélérer mon Éveil. Deuxièmement, si cela ne s'était pas produit, quand me serais-je normalement Éveillée ? Troisièmement, qu'est-ce qu'implique exactement un Éveil ? ai-je demandé.

Voilà, ça couvre à peu près tout.

Elle m'a étudiée un moment, se demandant peut-être par où commencer. Finalement, elle a hoché la tête pour elle-même et dit :

— L'Éveil se produit lorsque nous prenons conscience que nous créons notre propre réalité. Il y a un instant, je t'ai dit que je pouvais contrôler l'apparence de mon bureau mais pas son emplacement. C'est la même chose dans ta vie.

Pour démontrer son point, elle a fermé les yeux, et les murs du bureau sont devenus transparents comme du verre. Le bureau semblait avoir été placé au milieu du désert. J'ai pivoté sur ma chaise pour tout observer. Lorsqu'elle a parlé de nouveau, la pièce a repris son apparence précédente.

— Tu peux contrôler ce qui se passe dans ta vie, a-t-elle dit.

— Tu veux dire que je peux la changer aussi facilement que tu viens de le faire ? Ou veux-tu dire que ma vie est en fait une illusion ? ai-je demandé, incertaine de la direction que prenait notre conversation.

— As-tu déjà réussi à changer quelque chose dans un rêve ? a-t-elle demandé.

— Oui, je peux changer ce que je porte ou, si je n'aime pas le rêve, je peux rêver d'autre chose, ai-je répondu.

— C'est ce qu'on appelle le rêve lucide. Cela signifie que tu es consciente que tu rêves et que tu peux donc exercer ta volonté sur ce qui se passe. C'est la même chose pour ta vie éveillée, sauf que ce n'est pas tout à fait aussi instantané. Cela demande un peu plus de réflexion et d'habileté. L'Éveil, c'est quand tu prends conscience de cela dans ta vie éveillée. Une fois cette étape franchie, tu peux apprendre à le faire correctement ici, au Château. La première chose que tu apprends, c'est comment venir ici délibérément, pendant tes heures d'éveil, a-t-elle répondu.

— Attends, tu veux dire que je peux faire de la magie ? Fermer les yeux et faire en sorte que je sois à la plage ou qu'une coupe de glace apparaisse devant moi ? ai-je demandé, à moitié en plaisantant et à moitié pleine d'espoir.

Elle a ri.

— Peut-être, avec le temps, de la pratique et de la détermination, tu pourrais réaliser ces choses. Mais pour l'instant, concentrons-nous sur le fait de te permettre de rester ici assez longtemps pour apprendre quelque chose et être capable de venir ici quand tu as besoin de réponses.

— Est-ce que cela implique beaucoup de méditation ? ai-je demandé, mal à l'aise.

Je savais que la méditation me ferait du bien, surtout parce que j'étais une grande inquiète. Mais tout ce qui commençait par de la méditation était voué à prendre une éternité et à donner très peu de résultats.

— La méditation aide certainement, mais non. Je fais référence au fait d'être consciente de tes pensées et des résultats qu'elles produisent.

Les pensées se manifestent en choses concrètes. Par exemple, chaque fois que tu t'inquiètes de quelque chose, tu appelles cette chose même à toi, a-t-elle expliqué.

— Est-ce pour ça que je n'obtiens pas les notes que je veux en maths et en sciences ? ai-je demandé.

— C'est très probable. As-tu constamment peur d'échouer ? a-t-elle demandé.

— Oui ! Ou d'avoir une mauvaise note, ai-je gémi.

— Voilà ! a-t-elle dit, agitant les bras pour signifier qu'elle avait prouvé son point.

J'ai réfléchi à cela. Est-ce que ça pouvait vraiment être aussi simple ?

Devant mon expression sceptique, la Professeure a dit :

— Pourquoi ne pas le tester, scientifiquement ? Assure-toi d'avoir une hypothèse positive, cependant. Si tu ne t'attends pas à ce que ça marche, ça ne peut pas marcher. Pourquoi penses-tu que les scientifiques obtiennent des résultats variables à partir des mêmes expériences ? Parce que leurs attentes varient et sont presque toujours confirmées ! s'est-elle exclamée avec un sourire.

J'ai hoché la tête, assimilant ces paroles.

Comment puis-je tester cela ?

Je pourrais m'attendre à obtenir un A à mon prochain test de physique. J'allais étudier de toute façon, et un A était ce que je voulais, mais je ne m'y attendais jamais vraiment.

— D'accord, voici mon hypothèse : je m'attends à obtenir un A à mon prochain examen de physique, ai-je affirmé.

— Tu dois croire que c'est possible, a-t-elle ajouté.

— Je suis attentive en classe, je prends des notes détaillées, je fais tous les exercices et j'étudie comme si ma vie en dépendait. Je devrais obtenir des A. Je ne peux pas expliquer pourquoi je ne les ai pas obtenus jusqu'à maintenant. C'est définitivement plus que possible, ai-je dit, excitée maintenant par les possibilités qui s'offraient à moi.

— Je vais te demander de fermer les yeux et d'imaginer que tu reçois ton examen avec un A rouge vif dessus, a-t-elle dit.

J'ai fermé les yeux.

Dans mon esprit, j'étais assise en classe pendant que le professeur distribuait les examens corrigés. Au lieu de l'habituelle angoisse que je ressentais, je me suis forcée à ressentir une attente excitée. J'ai commencé à m'agiter sur ma chaise et à applaudir silencieusement d'anticipation. Lorsque la professeure est arrivée à mon niveau, elle souriait et a dit :

— Je ne sais pas ce que tu as fait, mais continue comme ça, ma grande !

Je l'ai remerciée et j'ai fixé ma note parfaite. Une chaleur se répandait dans ma poitrine, et la pression montait. Elle montait jusqu'à ma gorge, et je n'ai pas pu m'empêcher de crier :

— Youhou !

J'ai alors réalisé que j'étais, en fait, dans le bureau de la Professeure, debout avec un bras levé en signe de triomphe et un sourire idiot sur le visage.

— Bien joué, Clare. Si tu peux faire ça tous les jours jusqu'à ton examen, je te garantis que tu verras une amélioration. Et n'oublie pas de répéter ces phrases avant de te coucher demain, a-t-elle dit.

— Est-ce déjà l'heure de partir ? ai-je demandé.

J'étais excitée. J'étais prête pour les grandes choses.

— Attends, tu ne m'as toujours pas dit pourquoi tu as besoin de mon aide ? ai-je demandé, mais je pouvais entendre le bourdonnement insistant de mon réveil.

CHAPITRE SEPT

Ô miracle, quand je me suis réveillée, je pouvais me souvenir de tout ce qui s'était passé au Château depuis ma première visite. Les humains étaient vraiment des êtres très influençables. Cela me mettait de bonne humeur car ça signifiait que j'allais probablement avoir un A à mon examen de physique. C'était tellement excitant ! Il fallait que je sorte du lit.

Un rapide coup d'œil sur mes réseaux sociaux n'a révélé aucune publication ou message urgent. J'ai consulté mon agenda pour voir quelles activités pourraient mieux se dérouler que par le passé. Je n'ai rien vu de pressant, à part le fait que nous étions jeudi.

Maman est venue me chercher à l'école car nous allions déjeuner avec Nana chaque semaine, quand elle était dans les parages. Nana vivait dans une résidence pour seniors actifs. Ce n'est pas un euphémisme. L'endroit était incroyable. Il y avait une salle de sport, une piscine intérieure avec un jacuzzi et un sauna, un restaurant avec service complet qui proposait un service en chambre, un café avec une terrasse extérieure, une piscine extérieure avec jacuzzi, deux courts de tennis, et c'était juste à côté du terrain de golf. Nana n'était jamais chez elle. Elle utilisait soit les équipements sur place, participait à des cours collectifs et des excursions, ou voyageait vers des destinations exotiques.

Je voulais avoir la vie de Nana quand je serais plus âgée ! Franchement, j'aimerais accomplir ne serait-ce que la moitié des choses qu'elle faisait en une journée.

Aujourd'hui, elle nous parlait d'un circuit de dix-huit jours au Maroc auquel elle s'était inscrite. Ils partaient dans une semaine. Ça commençait à Casablanca et se terminait à Marrakech, et incluait une balade à dos de chameau dans le désert. Maman était un peu inquiète, mais Nana lui a dit que c'était un voyage pour seniors. Que pourrait-il arriver ? Effectivement. La vérité, c'est que Nana faisait toujours des voyages incroyables et rien ne tournait jamais mal, à part quelques retards occasionnels de bagages.

Ma grand-mère était pleine aux as. Elle pouvait se permettre tout en première classe et elle en profitait. Ça n'avait pas toujours été comme ça. Elle et Grand-père avaient eu un restaurant ici en ville qui les avait tenus très occupés. Quand il était décédé, Nana ne pouvait pas imaginer y passer ses journées sans lui. Ni Maman ni Oncle Riley – qui était avocat dans une grande ville – n'avaient voulu s'en occuper.

Quand une offre était arrivée, elle l'avait acceptée. Ça valait beaucoup plus que ce qu'ils avaient estimé, principalement parce que le restaurant se trouvait sur un terrain qu'un promoteur immobilier convoitait pour un projet plus important. Elle s'était sentie mal pour les employés qui allaient probablement perdre leur emploi, mais le promoteur avait dit qu'il faudrait encore un an avant de devoir fermer. Il avait promis de replacer les employés dans ses autres entreprises s'ils le souhaitaient.

Cela réglé, elle avait rapidement mis la maison sur le marché. C'était trop d'entretien et il y avait trop de souvenirs de Grand-père. Elle aussi s'était vendue rapidement. C'était la maison parfaite pour une famille, près d'une école et d'un terrain de jeux, et assez grande pour accueillir trois ou quatre enfants.

Avec le restaurant, Nana et Grand-père avaient rarement pris des vacances. Ils y étaient enchaînés, travaillant souvent sept jours sur sept une fois que Maman et Riley étaient partis à l'université. On aurait pu penser qu'ils auraient travaillé moins en vieillissant, mais ils disaient que c'était leur bébé, celui qui ne les quitterait jamais.

Je ne m'en étais jamais plainte parce que, en plus de payer les études de Maman et de Riley, ils avaient mis de l'argent de côté pour les miennes et celles de mes cousins. Les enfants de Riley étaient plus âgés que moi. Chase terminait le lycée cette année et j'avais entendu dire qu'il voulait devenir agent sportif. Il avait le nom pour ça. Evan en était à sa deuxième année de droit. Il prévoyait de rejoindre le cabinet de son père. Ils faisaient du droit du divertissement et du sport, très chic et très snob. Nous n'étions pas proches.

Quand elles m'ont déposée à l'école, Nana m'a serrée dans ses bras et m'a glissé un billet de cinq dollars dans la main avec un clin d'œil. Je lui ai fait un clin d'œil en retour et j'ai glissé le billet dans mon jean. Notre petit secret.

La dernière fois que j'avais été aussi excitée à l'idée d'aller me coucher, c'était la veille du jour où Maman, Nana et moi étions allées à Disney World ensemble. C'était mon premier voyage en avion et l'idée de voir Ariel en personne m'avait rendue vraiment difficile à endormir. Je n'avais pas ce problème maintenant.

J'ai passé la soirée à étudier pour l'examen de physique. Sam et moi nous sommes interrogés mutuellement par vidéo pendant plus d'une heure. Nous étions prêts. Avant de nous déconnecter, j'ai demandé à Sam, qui avait toujours de bonnes notes, s'il s'attendait à avoir de bonnes notes avant un examen. Il m'a regardée bizarrement et a dit :

— Bien sûr ! Pas toi ?

Je l'ai regardé, bouche bée. Alors que je pensais être tombée sur un rituel magique, lui était déjà au courant. Peut-être qu'il était dans le coup ? Avec prudence, j'ai demandé :

— Comment as-tu appris à faire ça ?

Au début, il a commencé à rire, mais quand il a vu que j'étais sérieuse, il a répondu :

— Ben voyons, Clare, personne ne me l'a appris. Je me fixe simplement un objectif, je fais le travail et j'espère le meilleur.

Clairement, Sam n'avait pas de crises de doute comme moi. Du moins, pas concernant l'école. J'ai décidé de laisser tomber le sujet et nous nous sommes dit bonne nuit.

J'étais épuisée d'avoir étudié. Je me suis brossé les dents, j'ai fait un câlin à maman pour lui souhaiter bonne nuit, et je me suis glissée dans mon lit. J'ai renoncé à faire défiler mon téléphone et j'ai plutôt répété les mots que Chanteuse m'avait dit de dire : « Je souhaite aller dans le salon jaune, rester au Château aussi longtemps que nécessaire pour atteindre mon objectif, et me souvenir de tout ce qui concerne ma visite. »

CHAPITRE HUIT

Je suis arrivée près de la cheminée dans la pièce jaune, que je n'avais pas remarquée lors de mes précédentes visites. J'étais très fière de moi. Cependant, j'ai vite réalisé que j'étais, en fait, seule dans la pièce.

Me dirigeant vers la porte, j'ai tendu l'oreille pour capter des sons que je pourrais suivre. N'entendant rien, j'ai décidé de tester mes nouveaux pouvoirs, pour ainsi dire.

— Je souhaite être dans le bureau de la Professeure , ai-je dit, les yeux fermés.

J'ai ouvert les yeux et j'ai vu que j'étais maintenant dans le couloir du sous-sol, regardant ce qui semblait être un corridor sans fin de portes identiques.

L'une de ces deux choses s'était produite. Soit je ne pouvais pas entrer dans le bureau de la professeure sans invitation, soit je n'avais pas été assez précise quant à quelle Professeure je souhaitais voir. Considérant qu'il y avait un nombre illimité de nous, il devait y avoir pas mal de professeures.

Mais comment pouvais-je préciser celle que je voulais voir ? Nous étions toutes pareilles ! J'ai décidé d'essayer autre chose.

— Je souhaite parler avec la Professeure qui m'a emmenée dans son bureau hier, et que j'ai rencontrée dans la pièce jaune , ai-je dit.

Voilà, ça devrait être plus précis.

J'étais toujours dans le couloir. Ça n'avait pas marché.

J'étais sur le point de demander à voir la Chanteuse de quinze ans de la pièce jaune quand j'ai entendu quelqu'un s'éclaircir la gorge derrière moi. Je me suis retournée brusquement et je l'ai vue. Elle était là ! Du moins, je pense que c'était elle.

Souriante, elle a dit :

— Bien joué, Clare. Tu es arrivée ici toute seule. Et tu as réussi à m'appeler. Excellent travail. Reprenons-nous là où nous nous étions arrêtées ?

J'ai hoché la tête et souri avec gratitude. Je ne voulais vraiment pas être seule ici-bas. Elle a ouvert la porte à côté de nous et m'a fait signe de passer devant elle.

Maintenant, je me demandais si j'avais accidentellement trouvé la bonne porte, ou si toutes les portes auraient mené à son bureau, puisqu'elle le contrôlait. Je me demandais aussi où étaient les autres. Non seulement celles de la pièce jaune, mais n'importe qui d'autre. À part les enfants que j'avais vus dans la cour, je n'avais encore croisé personne d'autre.

— Alors. Tu demandais pourquoi nous avons besoin de ton aide. Je devrais dire, ton groupe a besoin de toi. L'Éveil signifie prendre conscience de ton pouvoir. Prendre conscience que tu n'es pas la victime de tes circonstances. Que tu es la créatrice de tout ce que tu penses, fais, ressens, vois, entends, touches, goûtes et sens. Une fois que tu es dans ton *savoir*, tu es libérée de la peur, du doute ou de l'inquiétude. Alors tu peux créer une vie merveilleuse pour toi-même.

Plus j'écoutais, plus je sentais une chaleur au centre de ma poitrine. Si ce qu'elle disait était vrai, c'était au-delà de la magie. C'était un pouvoir divin.

— Vous voulez dire comme avoir de bonnes notes, gagner à la loterie, entrer dans une super université ? ai-je demandé, évaluant à quel point cela pouvait être pratique ou s'il s'agissait juste de choses comme atteindre la paix intérieure.

Je veux dire, ce serait génial, mais rencontrer un garçon mignon et intelligent le serait aussi.

Elle a souri et hoché la tête.

— Oui, ça et bien plus encore. Parfois, nous n'arrivons pas à comprendre par nous-mêmes et nous venons ici. L'une d'entre nous peut aider. Cependant, seules, nous ne pouvons pas apporter de changements importants à la chronologie ou aux événements majeurs de la vie. Nous avons besoin de plus d'aide. À ton niveau de conscience, tu as besoin d'un groupe de douze.

L'union fait la force. Ça avait du sens.

— Donc, si l'une d'entre nous veut changer quelque chose d'important comme sauver quelqu'un d'un accident de voiture, on pourrait demander de l'aide aux autres ? ai-je demandé.

— Plus ou moins. Pour l'instant, vous êtes limitées aux choses qui se passent dans votre année civile en cours.

— Vous voulez dire qu'on peut remonter ou avancer dans le temps ? ai-je demandé, incrédule. Elle a hoché la tête.

— Mais comment ? Il y a une machine à remonter le temps ? ai-je plaisanté.

— Chaque fille d'un groupe se voit attribuer un mois différent de l'année, au fur et à mesure de leur Éveil. Cela coïncide généralement avec le mois qui vient de s'achever dans leur réalité. Je crois que c'est avril dans ta réalité. Tu es donc responsable du mois de mars et tu peux offrir ta perspective aux autres de ton groupe, a-t-elle expliqué.

— Mais comment pouvez-vous être sûre que quelqu'un s'éveillera chaque mois ? ai-je demandé, essayant de comprendre.

— Si deux filles s'éveillent le même mois, elles seront placées dans des groupes différents. Un groupe est composé de douze filles de réalités alternatives, mais similaires. Il pourrait y avoir des millions de filles avec des réalités similaires. Celles qui ne sont que légèrement différentes ne sont pas placées ensemble. Parce que tu es venue à nous, la trajectoire de ta vie a maintenant changé. Cette nouvelle toi est ici avec nous. L'ancienne toi continuera à s'inquiéter de tout et à lutter avec les examens. Quand elle s'Éveillera, elle sera placée dans un autre groupe, a-t-elle dit.

— Je vois. Je suppose que maintenant je devrais arrêter de penser aux filles en termes de compétences mais en termes de mois. Donc, l'aide dont on a besoin, c'est pour le mois de mars ou pour quelque chose de plus grand ? ai-je demandé.

— En l'occurrence, les deux. Cependant, je ne suis pas encore libre de te dire de quoi il s'agit jusqu'à ce que tu aies maîtrisé quelques compétences de base. Tu as déjà maîtrisé la capacité de te souvenir de ton temps ici, de choisir un endroit et d'appeler une Professeure ou une Guide à toi. J'aimerais maintenant que tu appelles ta chef de groupe, a-t-elle dit.

— C'est la Chanteuse ? ai-je demandé et elle a ri doucement.

— Oui, bien que tu puisses utiliser Janvier pour l'appeler, m'a-t-elle dit.

— Maintenant ? ai-je demandé pour être sûre, et elle a hoché la tête à nouveau.

J'ai fermé les yeux et dit : « Je souhaite voir Janvier ».

Quand j'ai ouvert les yeux, je m'attendais à ce qu'elle soit dans la pièce avec nous. Au lieu de cela, j'étais à la maison, assise sur le canapé, bien au chaud sous ma couverture, en train de lire le premier chapitre du *Passeur*.

Attends, quoi ? Je viens de le finir, pourquoi est-ce que je le lis à nouveau ?

Puis j'ai remarqué le pyjama que je portais. Ce n'était pas le mien. Le bas était en polaire rose avec des notes de musique dessus et le haut était blanc avec écrit "Superstar". Beurk. Ce n'était pas possible.

J'ai rejeté la couverture, abandonné le livre, et j'ai couru dans la cuisine. Quelqu'un faisait des crêpes. La cuisine semblait la même, sauf qu'il y avait un homme qui coupait des baies. Qui était ce type ? Le petit ami de maman ? Maintenant je savais que ce n'était pas normal.

Il m'a vue dans l'embrasure de la porte et m'a demandé si je voulais de la crème fouettée. Automatiquement, j'ai répondu « oui, s'il te plaît », tout en avançant dans la cuisine.

Il a fait un signe vers le piano dans la salle à manger et a dit :

— Tu nous joueras quelque chose ? Le petit-déjeuner est presque prêt.

J'ai regardé le piano. C'était un *vrai* piano. Hypnotisée, j'ai hoché la tête et me suis assise sur le banc. Il y avait des partitions sur le pupitre. Le morceau s'appelait « Cavalier Op. 27 » de Dmitri Kabalevski. Je n'avais aucune idée de ce que c'était. Néanmoins, j'ai posé mes mains sur les touches et j'ai commencé.

Mes doigts volaient sur les touches. C'était un morceau enjoué que je m'attendrais à entendre pendant un film muet de cow-boy. C'était terminé en moins d'une minute. J'étais sûre d'avoir réussi et j'ai rayonné alors que maman et le photographe – dont je connaissais en quelque sorte le nom – applaudissaient. Je me suis levée et j'ai fait une révérence pendant qu'ils apportaient des assiettes à la table de la salle à manger. Dès que je me suis assise pour manger, j'étais de retour dans le bureau de la Professeure, toujours dans le fauteuil.

J'ai secoué la tête. Cela dépassait mon entendement que je puisse passer sans heurts d'un endroit à un autre, ou d'une réalité à une autre. Je m'attendais à plus de fanfare, quelque chose comme un coup de vent ou une sensation nauséeuse dans mon estomac. Mais c'était vraiment comme changer de chaîne à la télé.

— C'était incroyable ! Elle joue bien du piano. J'aurais aimé l'entendre chanter. Ou avoir le temps de manger ces crêpes, ai-je dit, regardant mes mains avec étonnement avant de reporter mon attention sur la Professeure.

Elle affichait son propre air étonné et j'ai froncé les sourcils.

— Quoi ? ai-je demandé.

— Quand je t'ai demandé d'appeler Janvier, je m'attendais à ce que tu l'appelles ici, pas à ce que tu te téléportes dans sa vie. Elle était censée t'expliquer comment faire ça, s'est-elle exclamée.

— Oh, désolée, ai-je répondu.

— Non, ne t'excuse pas. C'était très bien fait ! Tu n'as pas besoin de fermer les yeux et de le dire à voix haute. Tu peux juste y penser. Mais si ça t'aide à te concentrer, ce n'est pas un problème. Maintenant, demande à Janvier de nous rejoindre, dans ton esprit cette fois, a-t-elle dit d'un ton rassurant.

Je l'ai appelée dans mon esprit et elle est apparue.

— Qu'est-ce qui se passe ? a-t-elle demandé en s'installant sur le tabouret près de la cheminée.

— Où étais-tu, avant d'être ici ? As-tu soudainement disparu, ou m'as-tu entendue et choisi de venir ou non ? ai-je demandé, fascinée.

— Dans ma réalité, je dors tout comme toi. Une partie de moi rêve, et une autre partie de moi travaille avec une Professeure au troisième étage. Elle me donne des cours de chant, a-t-elle déclaré.

J'ai pointé du doigt vers elle assise sur le tabouret.

— Est-ce une autre partie de toi ou est-ce la même partie de toi qui chante au troisième étage ? ai-je demandé.

J'étais encore en train d'assimiler le concept d'un nombre infini de versions de moi à différents âges, vivant un nombre infini de réalités. Je comprenais aussi un peu que je pouvais être à la maison en train de dormir, et pourtant être ici en même temps. Mais être ici *et* à deux autres endroits en même temps était trop pour mon cerveau.

— Désolée, je m'explique. Je faisais des exercices vocaux quand j'ai entendu ton appel. Je me suis excusée et je suis venue ici, a-t-elle dit, en me simplifiant les choses.

— Mais ça t'a pris moins d'une nanoseconde pour faire tout ça ! me suis-je exclamée.

— Cela se produit instantanément. Rappelle-toi, il n'y a pas de temps ici. Tout se passe en même temps, passé, présent et futur, a répondu la Professeure.

— Que se passe-t-il si je vous appelle, l'une ou l'autre, quand je suis éveillée ? Qu'est-ce qui se passerait alors ? ai-je demandé.

— C'est un peu plus avancé, mais c'est similaire à ce que tu as expérimenté quand tu as demandé à voir Janvier. Celle qui est appelée incarnerait ton expérience, a dit la professeure.

— Comme un voleur de corps ? ai-je demandé avec horreur.

Janvier a éclaté de rire.

— Non, idiote. Comme une invitée dans ta tête. Si tu m'appelais pour me demander conseil sur quelque chose, tu l'entendrais dans ton esprit. Si tu avais besoin que je chante à ta place, par exemple, alors je devrais prendre le contrôle, évidemment.

Mes yeux étaient grands comme des soucoupes.

— Tu pourrais prendre le contrôle et faire des trucs pour moi ? Comme, passer mon examen de physique, par exemple ? ai-je demandé, imaginant les possibilités.

— Eh bien, tu ne voudrais pas que je fasse ça, je suis probablement pire que toi. Mais techniquement, oui. Mais nous devrions toutes les deux être d'accord. Je ne pourrais pas prendre le contrôle sans ton consentement et tu ne pourrais pas me forcer à le faire contre ma volonté.

C'était incroyable. Mon cerveau était en surcharge, essayant de comprendre les ramifications de ce qui venait d'être dit.

— C'est pour ça que les filles de notre groupe ont des compétences différentes ! me suis-je exclamée en souriant. Mon visage s'est décomposé quand j'ai réalisé que je n'avais aucune compétence à offrir. Que pouvaient-elles bien vouloir de moi ?

— Oui, et pour vous montrer à chacune que vous pouvez littéralement faire tout ce que vous voulez. Le ciel est la limite, pour ainsi dire, a ajouté la Professeure.

— Je n'ai pas de compétences. Pas comme Janvier. Je peux t'appeler Janvier ? lui ai-je demandé tardivement.

— Oui, Mars, a-t-elle répondu avec un clin d'œil.

— Bien sûr que tu as des compétences. Nous avons tous nos propres dons uniques. Tu ne sais pas encore quels sont les tiens parce que tu es encore rongée par la peur, le doute et l'inquiétude. Tu es aveugle à tes forces. Une fois que tu t'Éveilleras, tu gagneras en clarté et en confiance en toi, a contredit la Professeure.

— Je peux te donner un indice, cependant. Tu excelles en organisation, en analyse et en stratégie. C'est pourquoi tu trouves tant de choses à t'inquiéter, parce que tu analyses toujours toutes les variables qui pourraient mal tourner. Imagine si tu utilisais tes dons positivement, pour changer ! a-t-elle dit en souriant.

Elle essayait d'être encourageante, mais j'ai quand même ressenti la piqûre de ses mots. Mon sentiment d'indignité remontait à la surface, serrant ma gorge et des larmes se formaient dans mes yeux.

Janvier a regardé la professeure avec inquiétude et s'est précipitée pour me prendre dans ses bras.

— Ne te sens pas mal, la plupart des gens se sentent comme ça, tout le temps. Tu as une chance de changer les choses et de les améliorer. C'est tout ce que la Professeure dit.

La Professeure a quitté sa chaise pour s'accroupir près de mon fauteuil et caresser mes cheveux.

— Tu vas accomplir de grandes choses. Sais-tu comment je le sais ? a-t-elle demandé d'une voix apaisante.

J'ai reniflé et secoué la tête.

— Parce que je suis une version de cette nouvelle toi venue du futur, a-t-elle dit avec un clin d'œil.

CHAPITRE NEUF

Je me suis réveillée avec l'envie irrésistible de visiter mon avenir, mais j'ai résisté à l'envie d'appeler la Professeure. Je n'avais pas le temps. C'était le jour de l'examen. J'ai expédié ma routine matinale et me suis dirigée directement vers ma salle de classe en arrivant à l'école, au lieu de retrouver mes amis près de nos casiers.

Je devais rester concentrée. La porte était déverrouillée et la salle était vide. Parfait ! J'ai rejoint ma place, disposé soigneusement mes stylos, ma calculatrice, une bouteille d'eau et des mouchoirs sur mon bureau, puis j'ai rangé le reste de mes affaires sous mon siège.

Normalement, j'aurais bachoté pendant ces précieuses dernières minutes, mais cette fois, j'ai fermé les yeux et j'ai fait surgir la vision que j'avais eue dans le bureau de la Professeure. En quelques instants, j'ai été submergée de joie, comme si j'avais mangé du soleil et bu un arc-en-ciel. J'avais l'impression de bronzer dans le jardin. La lumière était vive derrière mes paupières et un rayon me traversait directement le cœur.

Quelqu'un m'a bousculée en allant à sa place et un nuage a masqué le soleil. J'ai cligné des yeux pour revenir à la réalité. Je ne me sentais plus aussi euphorique qu'avant, mais j'arborais toujours un sourire béat. J'allais cartonner à cet examen.

Je me suis tournée vers Sam. Il me fixait avec une expression indé-chiffrable. Je lui ai fait un pouce en l'air, toujours souriante, et il m'a répondu par un haussement de sourcil et un sourire amusé. Je me suis retournée. Le professeur avait posé l'examen devant moi. J'ai pris une grande inspiration, saisi mon stylo et attendu le signal pour commencer.

J'ai lu toutes les questions et surligné les informations importantes. Je n'avais pas besoin de commencer par les questions les plus faciles, elles l'étaient toutes ! Ou du moins, les réponses me venaient facile-ment. J'ai parcouru tout le livret, relu chacune de mes réponses deux fois, et posé mon stylo. Après avoir vérifié que j'avais bien inscrit mon nom et mon numéro de groupe, j'ai levé la main pour signaler que j'avais terminé. Le professeur a penché la tête et regardé l'horloge. J'avais terminé un examen de soixante-quinze minutes en trente minutes. Nous étions tous les deux choqués. D'habitude, c'était moi qui demandais du temps supplémentaire.

Il m'a fait signe d'apporter mon livret mais a levé la main pour m'empêcher de retourner à ma place. Il a feuilleté le livret pour s'as-surer que je n'avais oublié aucune question. En levant les yeux, il a pointé son pouce vers le tableau derrière lui. Il avait noté les chapitres à faire comme devoirs. J'ai hoché la tête et suis retournée à ma place aussi silencieusement que possible. J'avais envie de sautiller.

J'étais plongée dans mon cahier de physique et je n'ai ni vu ni entendu le professeur s'approcher. J'ai sursauté en l'apercevant. Il tenait mon examen. Mon examen corrigé ! Son visage était neutre, impossible de savoir si c'était bon ou mauvais. Il ne m'a pas tenue en haleine longtemps. Il a mis un doigt sur sa bouche pour me rappeler de rester silencieuse car des élèves travaillaient encore sur leurs examens, même si beaucoup avaient déjà terminé.

Tout s'est passé exactement comme dans ma vision. Son bras s'est abaissé au ralenti tandis qu'il me tendait l'examen. Non seulement j'avais une bonne note, j'avais une note parfaite. Il avait griffonné un énorme « 100 % » au feutre rouge suivi de quatre points d'exclamation et d'un smiley. J'ai levé les yeux, des larmes me montant aux yeux. J'ai articulé silencieusement « merci » en serrant l'examen contre ma poitrine. Il a souri et articulé en retour : « tout ça c'est toi ». Il a tendu la main, il voulait récupérer l'examen. Je l'ai regardé une dernière fois, soupiré de bonheur, et le lui ai rendu à contrecœur.

Quand la cloche a sonné, Sam a déposé son livret sur le bureau du professeur et m'a attendue à l'extérieur de la classe. Quand je suis sortie, il m'a attirée dans ses bras.

— J'ai vu ta note, c'est incroyable Clare. Je savais que tu en étais capable ! a-t-il dit en me relâchant.

J'ai rayonné de fierté et répondu :

— Je suis sûre que tu as bien réussi aussi.

Il a haussé les épaules et dit :

— Bien sûr !

Il a fait un signe en direction du couloir et a ajouté :

— Allez, je t'accompagne à ton prochain cours et tu pourras me dire comment tu as fait.

En cours de français, Monsieur Marcel nous a distribué nos réponses corrigées. Il m'avait donné quatre-vingt-seize pour cent et écrit « Bravo ! ». J'avais fait quelques erreurs de grammaire et oublié d'ajouter un titre. Quoi qu'il en soit, c'était la meilleure note que j'aie jamais eue en français sur un devoir écrit.

Ma joie a été de courte durée. Nous devions préparer une courte présentation orale basée sur notre réponse écrite. J'ai baissé la tête de désespoir. J'ai retrouvé mon entrain quand j'ai entendu qu'il écouterait nos présentations individuellement, dans le couloir. Mon cœur a bondi et je n'ai pas pu m'empêcher d'applaudir. J'ai immédiatement été mortifiée quand tout le monde s'est retourné vers moi.

Nous avions quinze minutes pour nous entraîner par deux et Monsieur Marcel nous a dit d'être prêts à répondre à des questions complémentaires.

Je me suis mise en binôme avec Joshua. C'était le moins critique des bilingues. Il habitait dans ma rue et nous étions allés à l'école primaire ensemble, mais nous n'étions pas amis. Il était dans le programme de robotique et, eh bien, passait encore son temps à jouer avec des briques en plastique. Mais il faisait un bon partenaire puisque nous n'avions rien de personnel à nous dire qui pourrait nous distraire de la tâche à accomplir.

Quand mon tour est arrivé, j'ai pris un moment avant de sortir dans le couloir pour appliquer ce que j'avais appris au Château.

Je peux le faire.

Monsieur Marcel a commencé par dire à quel point il était satisfait de mes progrès en classe. Cela a renforcé ma confiance et j'ai entamé mes commentaires sur *Barbe Bleue* avec enthousiasme. Il m'a interrogée sur les rôles traditionnels des femmes au foyer et sur la dynamique des genres dans les relations actuelles. J'ai pris mon temps, et tous les mots dont j'avais besoin me venaient instantanément. J'ai réalisé que mon accent n'était pas aussi prononcé que je l'imaginais.

Le professeur hochait la tête pendant que je parlais et griffonnait furieusement sur son bloc-notes. Quelques minutes plus tard, il m'a montré la grille ; elle indiquait quatre-vingt-douze pour cent. J'étais tellement heureuse que je n'ai même pas regardé mes erreurs. Je m'en fichais complètement. De toute façon, il allait la scanner et la publier sur le portail des parents.

— Merci, Monsieur Marcel, ai-je balbutié, encore étourdie par ma réussite.

J'avais envie de sauter de joie, mais j'avais déjà applaudi comme une folle aujourd'hui. Je suis retournée en classe et j'ai appelé l'élève suivant. En retournant à ma place, j'ai vérifié le tableau blanc pour notre prochain devoir. Nous devions choisir parmi les romans de la bibliothèque et l'unité d'étude correspondante.

Et comme par miracle, une traduction du *Passeur* était l'un des choix. J'ai vite attrapé un exemplaire du livre et pris l'unité dans l'armoire. Cette journée pouvait-elle être encore meilleure ?

En fait, oui. Après un déjeuner rapide, je me suis dirigée vers le cours de littérature pour ma séance de tutorat. J'étais à l'heure, mais pas mon élève. J'ai demandé à la professeure quoi faire et elle m'a dit d'attendre encore cinq minutes et que, s'il ne se présentait pas, je pourrais partir.

Il n'est jamais venu. J'ai quand même été payée. Super ! J'ai hésité entre chercher mes amis ou aller me promener. C'était une magnifique journée de printemps et la plupart des élèves étaient dehors en manches courtes. La promenade l'a emporté. Il faisait trop beau pour marcher dans le petit bois derrière l'école, et l'herbe était trop détrempée pour y marcher. J'ai suivi le chemin qui menait à la piscine et j'ai trouvé un banc parfaitement positionné pour m'asseoir et profiter des rayons du soleil.

Je suis restée là dans un bonheur total jusqu'à ce que la cloche sonne, puis je suis retournée en classe. Je me sentais comme une superstar.

CHAPITRE DIX

J e parlais à toute vitesse et Maman m'écoutait avec un sourire indulgent. Quand j'ai finalement repris mon souffle, elle a dit :

— Je suis si fière de toi, ma chérie. Tu t'épanouis enfin !

J'ai grimacé à cette dernière phrase. Tellement typique d'une mère. Je me suis concentrée sur sa fierté. Ça ne me procurait pas autant de joie que d'habitude. Ou plutôt, pas autant que la fierté que je ressentais envers moi-même. J'ai savouré cette nouvelle sensation dans ma bouche et avalé cette ambroisie.

Maman avait acheté des pâtisseries pour le dessert. C'est notre petit plaisir du vendredi soir. Il y avait toute une sélection de classiques en format mini. J'ai choisi une tartelette aux amandes et un mille-feuille. Maman a pris un éclair et un tiramisu. Nous les avons dégustés avec une tasse de notre thé préféré au rooibos et à la vanille pendant que nous décidions quel film regarder après le dîner.

Nous avons opté pour la nouvelle adaptation des Quatre Filles du docteur March et prévu de nous retrouver dans le salon à sept heures trente. L'amie de Maman, Michelle, est arrivée en avance pour leur promenade, alors j'ai proposé de faire la vaisselle toute seule. Elle m'a embrassée sur le front et a promis d'être de retour dans une heure.

J'ai lancé ma playlist et l'ai envoyée sur notre système d'enceintes intelligentes. Ça me tiendrait compagnie pendant que je nettoyais la cuisine. J'ai profité d'avoir l'appartement pour moi toute seule pour exhiber mes mouvements de danse et mon absence totale de talent pour le chant.

J'étais en plein milieu d'un classique des années 80 quand j'ai entendu :

« Tu ne chantes pas si mal que ça ! »

Je me suis arrêtée net, mes bras encore en l'air. J'ai regardé vers la porte d'entrée, pas de Maman. Porte de derrière, rien. J'ai dit à l'enceinte intelligente de se taire et j'ai tendu l'oreille. Les fenêtres étaient fermées, ça ne venait pas de l'extérieur.

« C'est le bon moment ? », a demandé la voix.

Elle venait de l'intérieur de ma tête, j'ai réalisé.

— Qui est-ce ? ai-je demandé à voix haute.

Pas de réponse. J'ai répété ma question dans ma tête.

« C'est Janvier. Tu peux venir au Château ? », a-t-elle demandé.

J'ai vérifié l'heure sur l'horloge du four. Il n'était que six heures trente. Maman ne serait pas de retour avant au moins trente minutes, peut-être une heure si les potins étaient bons.

« Bien sûr, donne-moi une minute », ai-je répondu.

Je suis allée dans ma chambre, j'ai fermé la porte et je me suis allongée sur mon lit. Si Maman frappait sans obtenir de réponse, elle penserait que je faisais une sieste.

J'ai formulé mes intentions habituelles et je suis arrivée juste devant la porte, à l'intérieur de la pièce jaune. Janvier était assise sur le canapé avec une fille à l'air sérieux qui portait le genre de vêtements que ma mère mettait pour travailler : un pantalon plissé bleu marine, une chemise blanche et une veste bordeaux.

En m'asseyant, j'ai remarqué qu'il y avait un emblème sur la poche de poitrine de la veste. Elle faisait partie de l'équipe de débat. Peut-être revenait-elle d'une compétition régionale. Ses cheveux étaient tirés en arrière dans un chignon sévère. Elle ne portait pas de maquillage, ses ongles sans vernis étaient coupés courts, et le seul bijou que je voyais était la montre que Nana nous avait offerte au dernier Noël.

Elle m'a tendu la main, très professionnelle.

— Salut, je suis Avril.

Je l'ai serrée et je lui ai dit que j'étais Mars, mais elle le savait déjà. Janvier m'a demandé si je voulais du thé ou du café. J'ai refusé. Allais-je enfin savoir ce qui se passait ?

— Bravo pour ton contrôle de physique ! a-t-elle dit.

J'ai plissé les yeux, sur le point de lui demander comment elle savait, mais c'était Avril. Elle savait tout ce qui se passait en avril dans nos douze réalités.

— Merci, ai-je répondu poliment.

Janvier a repris la conversation.

— Bien. Maintenant que tu maîtrises les compétences de base, il est temps de passer aux choses sérieuses. Pour l'instant, tu sais ce qui se passe en mars dans ta réalité, mais pas dans les autres réalités. C'est ce sur quoi tu vas travailler ce week-end. Mais comme l'affaire est plutôt urgente, Avril va partager ce qui s'est passé dans sa réalité ces dernières semaines.

— Quand tu dis partager, tu veux dire qu'on va en discuter, ou que je vais visiter sa vie comme je l'ai fait avec la tienne ? ai-je demandé.

La vie de Janvier était incroyable, mais je n'étais pas sûre de vouloir voir celle d'Avril. À en juger par son apparence, elle ne s'amusait pas du tout. Je me suis immédiatement réprimandée en réalisant qu'en jugeant sa vie, je me jugeais moi-même.

— Je vais te faire revivre une série de souvenirs clés. Tu n'agiras pas *comme* moi, tu seras juste là pour le voyage, pour ainsi dire, a expliqué Avril.

J'ai haussé les épaules et dit :

— Allons-y !

Elle a pris ma main et je me suis immédiatement retrouvée dans ma chambre, en train d'étudier pour le test de maths que j'avais lamentablement raté quelques jours plus tôt. La chambre était différente. Pour commencer, elle était beaucoup plus rangée que la mienne. J'ai vérifié mon agenda et j'ai vu qu'il était rempli d'activités après l'école et de sorties le week-end. Où trouvait-elle le temps ?

Maman a crié pour me dire que Sam était là. Sam ? Nous étudiions habituellement à distance, c'était plus efficace. En fronçant les sourcils, j'ai ouvert ma porte et il était là, la main tendue vers la poignée. Je n'ai pas eu le temps de vérifier la cuisine et de chercher des différences parce que la main de Sam s'est glissée autour de ma taille et m'a attirée près de lui alors qu'il m'embrassait sur les lèvres. Sur. Les. Lèvres. *Quoi ?*

— Dans la salle à manger les jeunes, vous connaissez les règles ! a crié maman depuis le salon.

Sam a pris les livres sur mon bureau et les a déposés sur la table de la salle à manger où il a laissé tomber son sac à dos.

J'ai attrapé deux bouteilles d'eau minérale dans le frigo et je l'ai rejoint à table. Je ne contrôlais pas ce corps, je ne pouvais qu'observer. Cependant, je pouvais ressentir ce qu'Avril ressentait. C'était une chose habituelle. L'embrasser était agréable et naturel, pas aussi excitant qu'un premier baiser.

Moi et Sam ?

C'était incroyable. Certes, nous étions meilleurs amis depuis l'école primaire, mais rien de plus.

La scène a changé. Je regardais un film Barbie avec une fille d'environ neuf ans dans le salon. C'était Penny, ma petite sœur, et nous étions blotties sous une couverture. J'avais une sœur dans cette réalité ? Qui est son père ?

Je n'ai pas eu le temps de demander car la scène a de nouveau changé. Nous étions dans une sorte de salle d'attente. Tout était gris institutionnel, mais ça ne ressemblait pas à un hôpital. D'autres personnes attendaient, parlant à voix basse.

Il y a eu un énorme bourdonnement, comme quand on sonne à l'interphone d'un immeuble mais plus fort. Mes yeux ont suivi le son jusqu'à un haut-parleur juste à côté de l'horloge. Il était dix heures et la grande porte en acier s'est ouverte automatiquement.

Des familles ont défilé par la porte. Sam a dit :

— Tu es prête ? et j'ai hoché la tête.

Nous avons suivi les autres dans une grande salle semblable à une cafétéria, avec ce genre de tables de pique-nique rondes en métal où les sièges sont attachés. Il y avait un homme assis à chaque table, attendant ses visiteurs. *Oh mon Dieu !* Nous rendions visite à quelqu'un en prison. Qui ? Pourquoi ?

Nous sommes arrivés à destination et il y avait Papa. Attends, *Papa* ? Il m'a serrée dans ses bras. Avril l'a serré en retour, elle était heureuse de le voir. Il m'a relâchée et a serré la main de Sam.

— Je serai dans la salle d'attente si tu as besoin de moi, a-t-il dit avant de m'embrasser sur la joue.

Papa m'a fait signe de m'asseoir.

Il ne ressemblait pas à ce dont je me souvenais des photos. Je ne l'avais jamais rencontré. Maman avait dit qu'il était mort quand j'étais bébé. Il avait l'air plus vieux, plus mince et bronzé. Comme s'il passait beaucoup de temps dehors. Il me souriait, les mains jointes sur la table.

J'étais encore en train de l'observer quand nous sommes revenues dans la pièce jaune. J'avais une tonne de questions. J'ai ouvert la bouche, mais Janvier a levé la main pour m'arrêter.

— Tu auras tous les détails ce soir. Nous avions juste besoin que tu comprennes la situation avant que nous ne procédions, a-t-elle dit.

— Papa est banquier d'affaires. Il a été accusé de détournement de fonds de l'entreprise, a dit Avril.

— Est-ce qu'il l'a fait ? ai-je demandé.

CHAPITRE ONZE

Maman et son amie étaient de retour et bavardaient sur le pas de la porte, faisant des projets pour déjeuner ensemble la semaine prochaine. J'étais encore sous le choc des révélations d'Avril. Maman avait-elle menti au sujet de la mort de papa ou n'était-il simplement pas mort dans la réalité d'Avril ? Pourrais-je remonter dans le temps et changer les choses pour qu'il soit vivant dans la mienne ? Papa était-il un escroc ? L'avait-il été à cette époque ? Avait-il été en prison tout ce temps ?

J'entendis maman approcher. Je me redressai et attrapai un livre, faisant semblant de lire.

— Prête pour le film ? Je prépare du pop-corn ! s'exclama-t-elle.

J'avais envie de lui poser des questions sur papa. Au lieu de cela, je répondis avec une gaieté feinte :

— J'arrive dans une minute.

Je n'avais jamais eu aussi peu envie de regarder un film. Je voulais arracher le pansement le plus vite possible. Je jetai le livre, redressai les épaules et m'exerçai à la patience. Tout serait révélé ce soir.

Le film était bien, mais c'était un vrai tire-larmes qui nous fit pleurnicher. Ce soir, j'aurais préféré une comédie pour me distraire. Je ne cessais de me répéter que ce qui arrivait à Avril ne m'arrivait pas à moi. Pourtant, j'avais l'impression que c'était le cas.

Quand le film se termina, nous nous brossâmes les dents et nous souhaitâmes bonne nuit. Je me rappelai que la seule chose que je pouvais faire était d'espérer le meilleur résultat possible. Mais à quoi cela ressemblerait-il ? Manifestement, quelque chose s'était produit en mars qu'Avril pensait pouvoir éviter ou gérer différemment.

Je prononçai les mots, ils faisaient désormais partie de ma routine nocturne. Je n'étais pas sûre d'en avoir encore besoin, mais ils m'aidaient à me concentrer. Surtout que mon esprit était tellement agité par l'inquiétude. Je ralentis ma respiration. Inspiration sur cinq temps, expiration sur cinq temps.

Lorsque j'arrivai dans la salle jaune, Janvier et Avril m'attendaient. D'autres filles étaient dans la pièce, bavardant à voix basse près de la fenêtre. Alors que je prenais place sur le canapé, la professeure apparut à la porte et nous rejoignit rapidement.

— Avril, as-tu eu l'occasion de parler avec ta Guide ? demanda-t-elle.

Mes oreilles se dressèrent. C'était la première fois que quelqu'un faisait référence aux Guides.

— Oui, elle a dit que je devais recueillir des informations des trois derniers mois pour évaluer l'origine du problème. J'ai déjà parlé à Janvier et Février. Une fois que j'aurai la perspective de Mars, je pourrai procéder, répondit Avril.

— Procéder comment ? demandai-je.

Je voulais savoir comment ça fonctionnait. Si c'était garanti de fonctionner.

— Une fois qu'Avril aura tous les faits – enfin, de sa perspective, puisqu'elle ne connaîtra jamais les faits du point de vue des autres, comme tes parents par exemple – elle fera une demande pour parler avec elle-même dans le futur. Si les événements se déroulent sans interférence, quel serait le résultat ? Selon la gravité de la situation, tu pourras parler avec jusqu'à cinq versions futures de toi-même. Si tu ne peux pas accepter les résultats, tu pourras demander un ajustement de la réalité. C'est à ce moment-là que tu expliques ce que tu veux à ton groupe. Si tout le monde est d'accord, l'ajustement est effectué, expliqua la Professeure.

J'essayais de me faire à l'idée de rencontrer différentes versions futures de moi-même. Est-ce que l'une d'entre elles était ma Guide ? Est-ce que ma Guide changeait chaque fois que je prenais une décision ?

— Pourquoi tout le monde doit-il être d'accord ? Pourquoi quelqu'un s'y opposerait-il ? demandai-je.

Janvier répondit à cette question.

— Techniquement, la seule raison pour laquelle quelqu'un s'y opposerait serait si les changements que tu demandes causaient du tort à toi ou à quelqu'un d'autre.

— Ou si le changement élimine un résultat important. Lors de la réunion pour discuter de la demande, tu recevras les perspectives des filles responsables des mois suivant l'événement. Cela te donnera le résultat à court terme de l'événement non modifié, ajouta la Professeure.

— Peux-tu me donner un exemple ? dis-je.

J'étais confuse.

— Disons que tu veuilles empêcher une rupture entre toi et ton petit ami. Mais Juin te dit que tu as rencontré un garçon encore mieux. Elle s'opposerait à ta demande, expliqua Avril.

— Oh, je suppose que ça a du sens. Mais si je plaidais vraiment ma cause ? demandai-je.

— Si tu ne te fais pas de mal à toi-même ou aux autres, celle qui avait des objections pourrait se ranger de ton côté. Tu essaierais évidemment d'apprendre quelque chose à travers cette expérience, répondit Janvier.

Je trouvais cette réponse satisfaisante. À moins que je n'aie des intentions maléfiques, ma demande serait probablement approuvée. Maléfique.

— Il doit y avoir des versions maléfiques ou vilaines de moi, n'est-ce pas ? Pour maintenir l'équilibre ? demandai-je.

— Oui, mais elles ne sont pas ici. C'est le Château de la Clarté, demeure de celles qui recherchent la clarté, répondit la Professeure.

— Ont-elles leur propre lieu, comme, le Château de l'Obscurité ? pouffai-je.

Tout le monde rit à cela.

— Non, ma chère. Et il n'y a pas non plus d'entre-deux, au cas où tu allais le demander. Il n'y a pas d'obscurité, seulement l'absence de lumière. Par conséquent, les versions qui ne sont pas ici au Château sont soit en chemin, soit ne suivent pas leur voie vers la clarté, expliqua-t-elle.

— Mais que se passerait-il si je faisais quelque chose de très vilain, comme braquer une banque ? demandai-je.

— Te souviens-tu de cette scène dans le film *La Revanche d'une blonde* où elle insiste sur le fait que Brooke est innocente en déclarant, « *le sport produit des endorphines. Les endorphines rendent heureux. Les gens heureux ne tuent tout simplement pas leurs maris* » ? dit Janvier en imitant parfaitement le personnage de Reese Whiterspoon. Je souris. Nous sourîmes toutes. C'est l'un de nos films préférés.

— Tu veux dire que si j'étais heureuse, je ne braquerais pas une banque ? demandai-je.

— Exactement ! Le bonheur n'est pas seulement un sentiment, c'est aussi une fréquence. Plus la fréquence est élevée, mieux tu te sens. À des fréquences plus élevées, tu as accès à différentes pensées et expériences. Si tu avais un problème, tu pourrais demander à n'importe laquelle d'entre nous de t'aider à le résoudre facilement, ajouta Avril.

— Que veux-tu dire par fréquences ? Comme à la radio ? demandai-je.

— Oui, exactement comme à la radio. Si tu es syntonisée sur la chaîne du bonheur, tu ne peux entendre que de la musique joyeuse. Si tu es syntonisée sur la chaîne de la mauvaise humeur, tu peux imaginer ce que tu entendras, dit-elle.

Je réfléchis à cela. La chaîne sur laquelle j'étais le plus souvent syntonisée était celle de l'inquiétude. Cela signifiait que j'entendais de la musique inquiétante, ou plutôt des pensées et des expériences inquiétantes. C'était probablement pour ça que j'y restais bloquée.

— Mais comment change-t-on de chaîne ? demandai-je.

— En te distrayant. L'objectif est d'arrêter de penser à ce que tu

pensais au moment où tu t'es syntonisée. C'est très difficile de changer
tes pensées au début. Il est préférable de simplement se concentrer
entièrement ailleurs. Les meilleures façons sont de faire une sieste,
méditer, se promener, écouter de la musique, jouer avec ton animal de
compagnie, ou faire n'importe quoi qui t'apporte de la joie. Tu chan-
geras rapidement de chaîne. Dans le cas d'une sieste ou de la méditation, tu éteindrais complètement la radio, expliqua Janvier.

J'acquiesçai, comprenant.

— La première fois que je suis venue ici, je me promenais pour me
changer les idées après une mauvaise humeur. Tu dis qu'aussitôt que
j'ai cessé d'être déçue par ma note, j'ai changé de chaîne. Le Château a-
t-il sa propre chaîne ? Demandai-je.

À cela, la Professeure répondit:

— Pas exactement. Imagine un thermomètre, où zéro degré est
une température neutre, ou une fréquence dans notre cas. Au fur et à
mesure que la fréquence s'élève, les sentiments sont positifs. Si elle
baisse, les sentiments sont négatifs. Les sentiments juste au-dessus de
zéro sont le contentement ou la satisfaction, l'optimisme et l'enthousiasme, montant jusqu'à la joie. Juste en dessous, tu trouveras l'ennui, l'inquiétude et la colère, descendant jusqu'à la peur. Il y a
beaucoup de sentiments entre les deux. Pour les voir tous, il te suffit
de rechercher l'échelle émotionnelle en ligne quand tu seras de
retour dans ton monde. Quoi qu'il en soit, dès que tu t'élèves au-
dessus de zéro, tu peux accéder au Château et à nous toutes, expliqua-t-elle.

Cela semblait assez simple.

— Est-il possible de rester au-dessus de zéro tout le temps ? demandai-je.

— Seulement si tu restes ici. La vie sur Terre n'est pas censée être
parfaite. Elle est censée être réelle et unique. Tu peux choisir ce qui se
passe, instant après instant. La plupart des gens choisissent incons-
ciemment, par habitudes de pensée. Il semble que la vie leur arrive,
qu'ils sont impuissants. S'ils sont syntonisés sur la station de l'impuissance..., dit la professeure.

— Tout ce qu'ils obtiennent, ce sont des pensées et des expériences d'impuissance, m'exclamai-je tandis que la portée de l'implication me frappait.

C'était énorme. Cela expliquait la vie apparemment enchantée de Janvier. Elle était toujours enjouée et passionnée. Je l'observai attentivement, puis regardai Avril. La peau de Janvier était parfaite, ses cheveux étaient brillants, ses yeux lumineux. Je pouvais sentir la joie s'échapper d'elle. C'était chaleureux, invitant. Avril, en revanche, semblait avoir comme un filtre mat sur elle. Elle n'était pas terne, mais même quand elle souriait, l'intensité semblait plus faible. Je ne me sentais pas attirée par elle, mais je ne me sentais pas non plus repoussée. Je me sentais à l'aise en sa présence. Il me vint à l'esprit que ma propre fréquence correspondait probablement à la sienne. Je lui souris, une vague de compassion m'envahissant. Elle me sourit en retour.

La professeure nous sourit.

— Vos deux fréquences viennent de s'élever !

Nous lui sourîmes toutes en retour.

— Il est presque temps de partir. As-tu d'autres questions sur les fréquences ? demanda Janvier.

— Non, j'ai compris. C'est assez simple. Ce que je veux vraiment savoir, c'est comment j'accéderai aux informations sur les autres réalités. Tu as dit que je suis responsable du mois de mars. Je sais ce qui se passe dans ma vie, et j'ai quelques indices sur les événements récents d'Avril. Comment puis-je obtenir le reste ? demandai-je.

— C'est la partie amusante ! Tu passeras un mois dans chaque réalité – en tant que visiteuse, bien sûr, intervint Janvier.

— Un mois ! Tu veux dire que je vais vivre tout le mois de mars comme chacune des onze autres filles qui sont dans notre groupe ? Cela ne va pas prendre une éternité ? m'exclamai-je.

— Tu oublies que nous sommes hors du temps et de l'espace. Tu pourrais littéralement passer un an ici et retourner à ta vie demain matin quand tu te réveilleras, répondit Avril.

C'était intense. Cela signifiait aussi que je pourrais visiter ou essayer n'importe quel nombre de vies.

— Si nous pouvons visiter nos autres réalités, pourquoi devons-nous retourner en arrière et changer quelque chose ? Ne serait-il pas plus facile de l'examiner ici à l'avance ? demandai-je.

— Oui, ce serait plus facile. En ce moment, tu imagines que tu viendras ici chaque nuit et que tu exploreras tous les scénarios possibles pour choisir les meilleurs. Cependant, tu finiras par te concentrer sur autre chose et ce ne sera plus une priorité. Ou ta fréquence baissera pendant un moment. Plus tard, tu pourrais même apprendre la valeur des conflits, dit la Professeure.

— La valeur des conflits ? demandai-je.

— Oui. Résoudre des problèmes, surmonter des obstacles ou atteindre des objectifs est satisfaisant. On se sent bien. Si rien ne vient jamais perturber la tranquillité, il est facile de tomber dans l'ennui. La nourriture a toujours meilleur goût quand on a faim, expliqua Janvier.

Tout avait du sens. C'était comme un jeu. Parfois on gagnait, parfois on perdait. Mais on continuait à jouer, à viser la victoire.

— Que se passe-t-il si je préfère une autre réalité à la mienne ? demandai-je alors que cette idée me venait.

— Pour l'instant, nous avons besoin que tu t'engages à voir les onze réalités. Si tu préfères vraiment l'une des autres réalités, tu pourrais simplement y entrer et continuer à partir de là, répondit la Professeure.

— Mais qu'arriverait-il à la mienne ? Qu'en est-il de l'autre fille qui y vit déjà ? demandai-je.

— Ta réalité continuerait en tant que Mars. Ta conscience fusionnerait avec celle de l'autre fille. Disons que c'était la mienne. Toi et moi nous identifierions comme Janvier, mais il n'y aurait qu'une seule d'entre nous, expliqua Janvier.

Ça me donnait mal à la tête, mais je comprenais.

— Garde à l'esprit qu'il est très peu probable que tu préfères une réalité différente. Tu aimeras probablement différentes choses dans chaque réalité et souhaiteras les intégrer dans la tienne, ajouta Avril.

J'acquiesçai. Nous acquiesçâmes toutes.

— Tu es prête ? demanda Janvier, me tendant la main.

J'hésitai un instant, puis saisis sa main. C'était Janvier, j'étais sûre que j'allais passer un excellent moment.

CHAPITRE DOUZE

— N'oublie pas, Clare. Tu m'appelles s'il y a un problème, et je viendrai te chercher, dit maman en me serrant très fort contre elle.

Elle avait les yeux humides tandis qu'elle me caressait les cheveux et prenait mon visage entre ses mains. On aurait dit qu'elle ne me reverrait plus jamais.

— C'est juste pour une semaine, maman. Je vais bien m'en sortir, répondis-je, les mains sur ses épaules.

Je regardai Gary pour qu'il vienne à mon secours.

— Allez, chérie. On l'embarrasse. Tu ne vois pas que tous ses amis musiciens attendent qu'elle se débarrasse de ses parents ? À dimanche, 16 heures.

Il me fit un rapide câlin et tira maman vers la voiture. Je leur fis signe de la main et me dirigeai vers mes amis – ou plutôt, les amis de Janvier. Elle allait passer la semaine de vacances de mars au camp musical.

Je grimaçai intérieurement, redoutant une semaine remplie d'activités de groupe organisées, toutes musicales qui plus est. Janvier était ravie. Tout comme les filles gloussantes qui m'accueillirent. Je connaissais leurs noms. Marisol jouait du piano, Allegra du violoncelle, et Daphne était chanteuse soprano comme moi, euh, comme Janvier.

Une fois les embrassades et les réjouissances terminées, nous nous sommes dirigées vers notre dortoir pour choisir nos lits. J'ai eu un lit en hauteur, génial ! J'ai déballé les affaires dont j'aurais besoin pour la soirée et j'ai branché mon téléphone. Ce n'était pas ma première fois dans un camp.

Pendant l'année scolaire, j'étais inscrite au programme musique-études. Trois après-midis par semaine, je recevais des cours particuliers ici à l'Académie de Musique d'Orford. J'y passais une semaine pendant les vacances de mars et quatre semaines en été.

Dès que j'aurais terminé le lycée, je pourrais auditionner pour des spectacles ou des concours de talents. Mon coach harcelait maman depuis des années, mais elle voulait que je me concentre sur mes études. Elle n'avait pas tort. Si je décrochais une place dans une émission ou dans un groupe, j'abandonnerais tout le reste.

J'étais stupéfaite que Janvier ait d'aussi bonnes notes malgré le temps limité qu'elle passait à l'école et les nombreuses heures par semaine qu'elle consacrait à pratiquer le chant et le piano. J'étais aussi surprise d'être aussi bavarde.

Nous étions dans une salle commune mixte avec un groupe d'autres jeunes. J'en reconnaissais certains de l'école. C'était comme une fête. Je regardai autour de la pièce et vis deux adultes assis sur des tabourets de bar dans une cuisine improvisée. Probablement des instructeurs. Eux aussi bavardaient avec animation, ignorant leurs protégés.

Je comprenais pourquoi tout le monde était excité. Nous allions passer une semaine ensemble, sans parents et avec une surveillance minimale. Certains jeunes commençaient à jouer aux cartes et à des jeux de société, d'autres improvisaient et chantaient a cappella. Je me mis en retrait pendant un moment.

C'étaient les amis de Janvier et c'était son univers. Je me sentais complètement étrangère, mais je pouvais m'imaginer vivre cette vie. Je me souvenais que quand j'étais petite, je chantais tout le temps. Une amie de maman nous avait donné son piano droit parce qu'il ne rentrait pas dans son nouvel appartement. J'avais pris des cours pendant un moment, mais je ne me donnais pas la peine de pratiquer. Maman avait fini par vendre le piano.

À vingt-deux heures, nos accompagnateurs nous ont envoyés au lit. Les cours commençaient à huit heures, le petit-déjeuner était à sept heures. Adieu la semaine de repos.

La semaine a finalement passé très vite, et j'avoue que j'ai apprécié. Ma partie préférée était les répétitions quotidiennes en duo avec Étienne. C'était un beau gosse de seize ans qui fréquentait l'une des écoles privées françaises. Ce n'est pas un élève qui parle français, il est vraiment français. Il parlait avec un adorable accent parisien, mais chantait dans un anglais parfait. C'était ahurissant.

Janvier aimait ses yeux gris fumé et ses cheveux noir de jais. C'était super. Ce qui m'impressionnait, c'était sa posture parfaite et le fait que son haleine était toujours fraîche comme la menthe. Nous devions chanter dans le même micro dans une cabine assez petite. Il n'y avait de place que pour un seul pupitre. Chaque jour, nous restions épaule contre épaule pendant trente minutes, partageant le même air tout en chantant des arias italiennes de l'opéra *Don Giovanni*.

Il y avait un concert le dimanche et nous avons totalement assuré. Notre interprétation de *Là ci darem la mano* nous a valu une ovation debout. J'étais tellement fière que j'aurais pu exploser. Être debout sur cette scène, Étienne me serrant fort la main, j'avais l'impression que le monde entier m'aimait.

Nous nous sommes inclinés et sommes sortis par la gauche. Aussi émue que j'étais, il y a eu plusieurs performances tout aussi remarquables pendant le spectacle.

En coulisses, Étienne et moi nous sommes fait un rapide câlin et il parlait à toute vitesse en français. J'ai compris qu'il était content qu'on ait réussi. Le coach vocal nous a envoyé un baiser italien « Bellissimo » tout en faisant sortir le duo suivant.

Le numéro final réunissait tout l'ensemble pour chanter *September* d'Earth, Wind and Fire. C'est un super morceau, tous les parents applaudissaient. Quand le spectacle s'est terminé, les parents ont pris un cocktail et ont discuté avec les professeurs pendant que les enfants rangeaient. À dix-sept heures, tout le monde était retourné à sa vie quotidienne, non sans quelques larmes.

Gary a emmené maman et moi dîner pour fêter ça. Nous avons

parlé de notre semaine et Janvier a mentionné qu'elle aimerait peut-être apprendre l'italien. J'ai levé les yeux au ciel. Comment allait-elle caser ça dans son emploi du temps ? Maman trouvait que c'était une idée fabuleuse, surtout après ma réussite dans le duo. Pour maman, me voir interpréter de l'opéra serait bien mieux que de me voir dans un groupe de pop. Gary m'a juste fait un clin d'œil.

Gary est tellement cool. Rien ne le perturbe jamais. Je me sentais coupable de l'admettre, mais je l'aimais mieux que maman dans cette réalité. Là où maman disait « *vas-y, vas-y, vas-y* », lui disait « *prends ton temps, un jour à la fois* ». C'est un bel équilibre.

La semaine suivante, j'ai pu expérimenter la vie quotidienne de Janvier. Chaque jour, elle se levait à six heures. Elle buvait un grand verre d'eau, prenait un probiotique et partait pour un jogging de vingt minutes. Elle écoutait de la musique classique en courant.

De retour à la maison, elle faisait une séance rapide de yoga et d'étirements, puis s'asseyait devant la porte du patio en sirotant une tasse d'eau chaude avec du citron et du miel. C'était apaisant, autant la boisson que la contemplation.

Ensuite, douche, habillage pour l'école et petit-déjeuner avec les parents. J'ai fouillé dans sa mémoire pour savoir depuis combien de temps Gary était là. Cinq ans. J'étais encore à l'école primaire. Ils s'étaient rencontrés lors d'un concert de camp d'été. Il prenait des photos pour un article de magazine sur l'Académie de Musique. Il travaillait comme photographe pour une entreprise qui publiait une douzaine de magazines professionnels. Comme il jouait aussi du piano, il avait joué un rôle déterminant dans le développement artistique de Janvier.

Après le petit-déjeuner, je faisais dix minutes d'exercices vocaux devant le miroir de ma chambre, préparais mon sac d'école et montais dans le bus. Les lundis, mercredis et vendredis matins, j'avais cours d'anglais et de maths, toujours avec le même groupe.

Il y avait deux groupes pour le programme musique-études. Le premier était pour ceux qui fréquentaient l'académie de musique de l'école. C'était un orchestre à vent, et tout le monde pouvait y participer, sans nécessité de connaissances musicales préalables. L'autre groupe était pour ceux d'entre nous qui avaient un talent musical et recevaient une formation ailleurs. Pendant les trois premières années de lycée, la plupart d'entre nous allions à l'Académie de Musique régionale. Pour les deux dernières années, les élèves les plus prometteurs suivaient des cours à l'université de Montréal, s'ils pouvaient se permettre les frais de scolarité. Sinon, ils continuaient à l'école régionale.

Dès que la cloche sonnait, nous prenions nos sacs-repas et nous dirigions vers le bus qui nous emmènerait à nos cours de musique de l'après-midi. C'était un trajet de trente minutes et la seule pause déjeuner que nous avions. C'était assez agréable. Je m'asseyais avec Marisol et nous discutions des sujets habituels : les examens, la musique et les garçons.

En arrivant à l'école, nous devions faire une marche silencieuse de vingt minutes sur le sentier qui faisait le tour du campus. Je me suis rendu compte que c'était notre équivalent des deux cours d'éducation physique hebdomadaires. Je pourrais m'y habituer.

À notre retour, nous nous divisions par instrument et par niveau. Daphne et moi étions rejointes par trois autres filles pour le groupe des sopranos. Nous passions l'après-midi ensemble avec notre professeur, mais chacune passait tour à tour trente minutes seule avec le coach vocal.

À quinze heures trente, le bus nous ramenait à l'école. Nous arrivions juste à temps pour prendre le bus qui rentrait à la maison. Je passais les quinze minutes de trajet à écouter de la musique et à regarder par la fenêtre. Bien que Janvier soit habituée à ce rythme et que je sentais qu'elle était à l'aise avec ça, j'étais mentalement épuisée.

Elle se plongeait directement dans les devoirs de maths et d'anglais. Nous dînions avec les parents, puis je retournais dans ma chambre pour étudier. Il y avait un test de sciences le lendemain. L'heure du coucher pour Janvier était similaire à la mienne, sauf qu'au lieu de défiler sur internet avant de s'endormir, elle lisait. Pour le plaisir.

Les mardis et jeudis, elle avait sciences et français (langue seconde, quelle chance !) le matin, et maths et anglais l'après-midi. Les sciences sociales avaient été intégrées au cours d'anglais. Au lieu de profiter pleinement de sa pause déjeuner avec ses amis, Janvier la passait dans la classe de son professeur de maths et de sciences pour du rattrapage ou pour prendre de l'avance sur ses devoirs.

Les trois semaines suivantes ont suivi le même schéma. Le week-end, sa routine matinale restait identique. Après le petit-déjeuner, elle se plongeait dans ses livres. Les samedis après-midi, elle passait généralement du temps avec ses amis. La moitié du temps, ils étudiaient.

Les dimanches après-midi, elle et ses parents faisaient des activités de plein air comme la randonnée ou le vélo. Après, ils dînaient avec Nana et son nouveau petit ami.

Les vendredis soirs, elle se blottissait sous une couverture et rattrapait les émissions de télé qu'elle avait enregistrées, pendant que maman et Gary sortaient pour leur soirée en amoureux. Les samedis soirs, ils allaient dîner au restaurant et au cinéma, ou prenaient à emporter pour regarder un film à la maison.

C'est une vie bien organisée et pas dépourvue de plaisir. Mais ce n'est pas une vie que j'aurais envie d'intégrer et de poursuivre. Gary allait me manquer, par contre. Je me demandais s'il apparaîtrait dans une autre réalité. En attendant, je me disais que j'allais dépoussiérer ce clavier MIDI et le brancher à mon ordinateur. On ne sait jamais !

CHAPITRE TREIZE

J'étais de retour dans la pièce jaune avec un vertige. Il y avait maintenant plus de filles dans le salon. Je me demandais si j'avais été là tout ce temps ou si j'avais disparu pendant que j'étais dans les souvenirs de Janvier pour ne réapparaître que maintenant. J'étais sur le point de demander si je devais tenir les mains de Février quand la Gymnaste s'est assise à côté de moi.

— Comment ça s'est passé ? Tu es prête pour une autre ? a demandé la Professeure. En gros, je venais de passer trente jours dans la vie de Janvier, ou dans ses souvenirs. Le processus était encore un peu flou. Mais j'avais l'impression qu'à peine cinq minutes s'étaient écoulées.

— C'était super, ai-je répondu.

Puis, à Janvier j'ai dit :

— Gary est le meilleur ! et elle a acquiescé avec enthousiasme.

Février a tendu ses mains, une question dans son regard. J'ai pris une profonde inspiration et les ai saisies.

~

J'ai été instantanément transportée au dimanche avant les vacances de mars. Cette fois, j'étais dans la voiture avec Maman et son amie, en route vers un club de gymnastique à Montréal. C'était la compétition Elite Canada Seniors et c'était la première fois que Février participait en tant que Senior. L'événement était le premier de trois compétitions annuelles. La deuxième avait lieu plus tard en mars et la dernière en avril.

Si elle se qualifiait, elle irait aux Championnats canadiens en mai. Si tout se passait bien, elle pourrait postuler pour faire partie de l'équipe nationale. Bien qu'elle doute d'aller aussi loin à son premier essai, l'étape suivante serait les Championnats du monde de gymnastique artistique en octobre.

Février excellait aux barres, mais elle devait concourir dans les quatre épreuves : saut, barres, poutre et sol. Elle et son entraîneuse, qui s'est avérée être l'amie de Maman, étaient satisfaites de sa performance.

J'étais stupéfaite par la force et l'agilité de ce corps. Sur le tapis, je cherchais constamment un trampoline pour justifier la hauteur de ces sauts et ces flips, mais il n'y en avait pas. Elle a des ressorts à la place des jambes. Et elle est tellement concentrée. C'est bruyant et mouvementé dans le gymnase pendant la compétition, avec deux épreuves qui se déroulent simultanément et beaucoup de parents et coéquipiers qui encouragent. Février faisait abstraction de tout ça. Tout ce que j'entendais, c'était sa respiration. Tout ce que je ressentais, c'était une détermination calme.

Pour éviter de faire des allers-retours chaque jour, nous allions séjourner dans un hôtel à proximité. C'est ainsi que j'ai appris que Maman et l'entraîneuse étaient en couple. Alors que je digérais le fait que Maman était homosexuelle dans cette réalité, il m'est venu à l'esprit qu'elle pourrait l'être aussi dans la mienne. Je ne lui ai jamais demandé et je ne me souviens pas qu'elle ait fréquenté qui que ce soit depuis un moment, et elle voyait assez souvent son amie Michelle.

Quoi qu'il en soit, elle était manifestement heureuse avec Shelley et c'était tout ce qui comptait. J'aimais bien Shelley, à la fois comme entraîneuse et comme belle-mère. Ça aurait pu être bizarre, mais ce ne l'était pas. Bien qu'elles soient ensemble depuis mon entrée au lycée, Shelley ne vivait pas avec nous.

Une fois la compétition terminée, nous avons passé le week-end en ville pour profiter de l'hôtel, faire du shopping et nous régaler dans de bons restaurants. Février avait été tellement concentrée sur la compétition, que je l'avais à peine vue parler à qui que ce soit de toute la semaine. Elle trouvait difficile de concourir contre ses amies, alors elle les évitait.

Je supposais qu'elles faisaient toutes ça parce qu'elle a retrouvé ses amies pendant son séjour en ville. Elles ont passé la journée au centre commercial, à commérer sur les autres équipes et à se gaver de malbouffe. C'est un plaisir rare. Elles suivaient un régime strict et avaient pratiquement été affamées toute la semaine.

Après le brunch du dimanche, nous sommes rentrées à la maison, et j'ai passé le reste de la journée et la soirée à faire du binge-watching de séries télé. Maman m'a même laissée dîner sur un plateau dans le salon. J'étais encore pleine du déjeuner, mais c'était seulement du poulet au four, des légumes vapeur et du yaourt nature.

Il faut que je prenne mes protéines !

Quand le réveil a sonné à six heures le lendemain, j'ai été consternée d'apprendre que la routine de Février était presque identique à celle de Janvier, sauf que les exercices vocaux étaient remplacés par une série de pliés de ballet à la barre installée dans sa chambre. Ah, et le petit-déjeuner était un smoothie vert aux protéines. *Beurk !*

J'ai vérifié mon agenda en attendant le bus et j'ai réalisé que Janvier et Février avaient exactement le même emploi du temps avec des professeurs différents. Quand la cloche du déjeuner a sonné, j'ai sauté dans le bus qui nous emmenait à notre club de gymnastique. Encore une fois, c'était un trajet de trente minutes et j'ai mangé dans le bus. Le déjeuner était fade mais nutritif.

J'ai bavardé avec les mêmes amies que pendant le week-end, Trish et Noemie. À notre arrivée, nous nous sommes séparées par niveaux et avons commencé l'échauffement. Préparation, corde à sauter, rotations de la tête et des poignets, marche sur la pointe des pieds, étirements et grands écarts. Ensuite, nous avons passé du temps à travailler chacune des quatre disciplines.

Quand je suis revenue à l'école, Maman était là pour me récupérer. Super ! Elle m'a tendu une boisson pour sportifs et m'a demandé comment s'était passée ma journée. Nous avons discuté pendant les dix minutes de trajet jusqu'à la maison et elle m'a dit que mon dîner était dans le four. Elle devait travailler ce soir et serait de retour vers neuf heures.

Je suis allée directement dans le jacuzzi. *Nous avons un jacuzzi !* L'eau chaude et les bulles ont dénoué les tensions de la journée. Après mes quinze minutes, j'ai sauté dans la douche et j'ai enfilé mon pyjama.

J'ai dîné seule dans la cuisine tout en lisant une nouvelle pour le cours d'anglais. Après le dîner, j'ai fait mes devoirs, je me suis brossé les dents et j'étais au lit à neuf heures. J'étais épuisée.

Le lendemain matin, Maman m'a demandé si ça ne me dérangeait pas d'aller à pied au cours de ballet après l'école puisqu'elle devait travailler. Je lui ai dit que c'était parfait. C'est seulement à dix minutes à pied de la maison et l'air frais me ferait du bien.

À l'heure du déjeuner, j'ai été heureuse de constater que Février ne faisait pas ses devoirs. Au lieu de cela, elle était inscrite à un cours de yoga d'une demi-heure qui commençait juste après la sonnerie du déjeuner. Trish et Noemie le suivaient aussi. Nous avons déjeuné sur un banc dehors après le cours. Nous étions très détendues et n'avions pas grand-chose à dire.

Le cours de ballet était intéressant. C'était un groupe multi-âges et ce n'était pas un cours compétitif. Je comprenais que l'objectif était de travailler la souplesse et la grâce pour améliorer les exercices au sol. Le cours de Zumba du jeudi, après l'école, visait à améliorer le rythme et la coordination.

La semaine a filé à toute vitesse. Vendredi soir, Maman et moi avons regardé un film ensemble, mais à neuf heures, nous étions toutes les deux au lit, épuisées. Je crois que Maman travaillait beaucoup plus dans cette réalité. Je supposais que c'était parce que la gymnastique était un sport coûteux. Elle ne se plaignait jamais, et j'étais reconnaissante pour tout ce qu'elle faisait pour moi.

J'ai passé le samedi matin au club. Nous avions un cours d'une heure appelé Entraînement à la Force Mentale. Nous avons travaillé sur la visualisation, rester dans le présent, utiliser un mantra, lâcher prise sur les échecs passés, et l'art de la concentration. Ce n'était pas mal.

Ensuite est venue la partie difficile. Nous avions chacune une routine d'entraînement en force à suivre. Quelques entraîneurs personnels étaient présents pour s'assurer que nous exécutions correctement les exercices afin de ne pas nous blesser. Ils étaient aussi très fermes dans leurs discours de motivation. Maintenant je comprenais pourquoi nous avions un jacuzzi.

Après un bain relaxant bien mérité et un énorme déjeuner, j'ai fait une sieste réparatrice. Maintenant j'étais prête pour les devoirs, que j'ai faits sans interruption jusqu'à ce que Maman m'appelle pour dîner.

À ma grande surprise, Nana était là et elle avait apporté le dîner ! Je mangeais souvent avec elle le samedi parce que c'était ma journée riche en glucides. Ce soir, nous mangions des spaghettis avec des boulettes de viande, du pain à l'ail et une tarte aux pommes à la mode. Shelley était également là pour emmener Maman à leur soirée en amoureux.

Cette Nana prévoyait aussi un voyage au Maroc. Nous avons passé la soirée à regarder des photos de son voyage à Amsterdam et à nous vernir les ongles des pieds. Elle est restée dormir puisque Maman passait la nuit chez Shelley.

Dimanche matin, nous avons fait la grasse matinée, enfin jusqu'à huit heures, et ça semblait être une folie. Nana et moi avons pris le petit-déjeuner, puis elle est partie à l'église. Elle m'a préparé un déjeuner approuvé par Maman dans le frigo et m'a dit que Maman serait de retour pour le dîner.

J'ai passé toute la journée à faire mes devoirs, m'arrêtant seulement pour déjeuner et faire une promenade en milieu de journée. Maman et Shelley sont rentrées vers quatre heures, ont profité du jacuzzi et ont préparé le dîner. Nous avons dîné ensemble et Shelley est partie après que la vaisselle a été faite.

Les deux semaines et demie suivantes ont été plus ou moins similaires. Le vingt-six mars, six juniors et six seniors du club de gym se sont entassées dans un bus avec Shelley et deux mamans volontaires et se sont dirigées vers la première compétition technique Elite à Ottawa. Nous y serions pendant deux jours, séjournant dans des chambres d'hôtel, quatre filles par chambre. Je partageais avec Trish, Noemie et Sarah, la petite sœur de Noemie.

L'ambiance était beaucoup plus intense qu'elle ne l'avait été lors de la compétition à Montréal. C'était un événement bien plus important et les enjeux étaient plus élevés. J'aurais été une boule de nerfs, mais Février était calme,posée, et savait garder la tête froide. Peut-être que je devrais m'intéresser à ces cours de Force Mentale. Ils semblaient porter leurs fruits.

Trente-deux athlètes pouvaient participer aux Championnats canadiens. Huit pour chaque agrès. Il y avait deux essais techniques. Ils retenaient le meilleur score de l'athlète pour chaque agrès. Si elles étaient dans les huit meilleures dans au moins une épreuve, et que leur score total était d'au moins 18,6 sur 24, elles étaient qualifiées. Il était donc important de bien réussir dans les quatre épreuves.

Ma performance aux barres a été exceptionnelle et non seulement j'étais dans les huit, mais j'étais aussi dans les trois premières. Je n'arrivais pas à croire que j'avais décroché la dernière place à la poutre. Ces cours de ballet étaient une bonne idée. Mon score total était de 18,8 et j'étais heureuse. J'avais un mois pour continuer à travailler avant le deuxième essai.

Le trajet en bus pour rentrer était très calme. Nous avions fonctionné à l'adrénaline et l'équipe était épuisée. Si la vie de Janvier m'avait fait sentir comme une fainéante, Février me faisait sentir carrément paresseuse, ai-je pensé avant de m'endormir.

CHAPITRE QUATORZE

Quand j'ai ouvert les yeux, Avril était assise à côté de moi. Je me suis étirée, m'attendant à être courbaturée après les deux jours de compétition, mais j'avais l'impression de sortir d'une sieste luxueuse. Je me suis retournée, espérant dire quelques mots à Février, mais elle avait disparu. Tout comme la Professeure et toutes les autres filles.

Il n'y avait plus que Janvier, Avril et moi sur le canapé. J'ai regardé Janvier. Faisait-elle ça chaque nuit ? N'avait-elle pas de meilleures choses dont rêver que de me surveiller pendant que je nageais à travers le temps et l'espace ?

— Qu'est-ce que ça implique exactement d'être chef d'équipe ? lui ai-je demandé.

Elle semblait comprendre que j'avais besoin de cette petite pause avant de plonger dans la vie d'Avril.

— Une chef d'équipe est, bien sûr, responsable du groupe et agit comme leur représentante lors des rassemblements plus importants, a-t-elle dit.

Voyant la confusion sur mon visage, elle a poursuivi :

— Il y a des réunions mensuelles pour chaque groupe d'âge avec l'une des Gestionnaires. Elles gardent un œil sur ce qui se passe dans nos vies et remplacent les filles si nécessaire.

— Tu veux dire que si la ligne temporelle d'une fille change radicalement, elle passe dans un autre groupe, c'est ça ?

— Oui. Et à chaque anniversaire, les groupes sont réévalués en fonction des similitudes de réalité. Avant l'âge de seize ans, il y a beaucoup de mouvement en raison des décisions des parents. Plus nous vieillissons, plus nos groupes tendent à être stables. Les filles doivent aussi être remplacées quand elles meurent, a-t-elle répondu.

J'ai formé un « o » avec ma bouche et j'ai hoché la tête. C'est vrai, nous mourions toutes. Mais le moment de notre mort différait selon la réalité dans laquelle nous nous trouvions. Avant de commencer à me demander comment je pourrais mourir, j'ai chassé cette pensée et j'ai demandé :

— C'est tout ? Des privilèges spéciaux ?

Janvier a souri.

— En tant que chef d'équipe, je peux être Janvier. Cela signifie que j'ai accès à tous les souvenirs de l'année écoulée au lieu des seuls souvenirs du dernier mois. Ça nous évite d'avoir à interagir avec trop de filles quand nous voulons changer quelque chose. Le poste est aussi un prérequis pour devenir Professeure, ce qui est mon objectif, a dit Janvier.

— Oh, cool, ai-je dit, et je pouvais sentir Avril qui s'agitait à côté de moi.

Accéder à la ligne temporelle était tout ce qui la séparait de ce qu'elle voulait faire. Bien que j'aurais encore Mai à Décembre à visiter, elle serait prête à partir. Enfin, elle aurait encore besoin de notre accord. Que nous lui donnerions, je suppose, lors d'une sorte de réunion de groupe.

Je lui ai souri et j'ai tendu les mains. Même si je n'étais pas très enthousiaste à l'idée de visiter sa vie, j'avais hâte de revoir Papa.

Je m'étais préparée à une sorte de camp de débat, mais quand j'ai ouvert les yeux, j'ai vu que je bavais sur l'épaule de Penny. Elle dormait aussi, sa tête appuyée contre le hublot de l'avion. Un coup d'œil dehors révélait un océan bleu turquoise à perte de vue. Une vague d'excitation m'a envahie. Je me suis tournée pour dire à Maman de regarder, mais je me suis retrouvée face à Papa. Il me regardait avec amusement.

— Difficile de battre cette vue, non ? a-t-il dit, puis il s'est tourné pour donner un petit coup à Maman.

Comme elle ne se réveillait pas, il a abandonné et s'est retourné vers moi.

— Bob m'a dit qu'ils proposent des sorties de plongée en apnée gratuites tous les jours. Tu imagines observer des poissons tropicaux dans cette eau ? a-t-il demandé.

— J'ai tellement hâte ! Quand est-ce qu'on atterrit ? ai-je demandé.

Papa a regardé l'écran mural et m'a dit que nous atterririons dans environ trente minutes. Comme sur commande, le commandant de bord a pris la parole pour nous annoncer que nous atterririons bientôt et que l'agent de bord passerait dans les allées pour ramasser les déchets.

Papa m'a embrassée sur le front et s'est levé pour retourner à sa place à côté de Maman. Penny s'est réveillée et a poussé un cri de joie quand elle a regardé par la fenêtre. J'aurais voulu faire semblant que ce n'était pas grand-chose, mais Avril était une bonne sœur et elles ont crié ensemble. *Cozumel, nous voilà !*

Une fois que nous avions atterri, passé la douane et récupéré nos bagages, nous nous sommes dirigés vers la rangée de bus qui emmenaient les clients vers les complexes hôteliers tout compris. J'ai cherché le Royal Cozumel Resort et l'ai repéré, quatre bus après le dernier.

Penny et moi ne pouvions plus nous contenir, et nous avons couru jusqu'au bus. Il faisait trop beau pour monter dans le bus, alors nous avons attendu que Maman et Papa nous rattrapent. De plus, Maman avait nos documents de voyage.

Le trajet en bus jusqu'à l'hôtel était court et la vue était magnifique tout du long. Nous avons été accueillis avec des cocktails sans alcool et de la musique de fête tonitruante. Ça allait être tellement amusant. J'étais littéralement aussi excitée qu'Avril. C'était la première fois que nous prenions l'avion pour des vacances en famille.

Nous passions généralement la semaine de vacances à la maison puisque mes parents devaient travailler. Notre voyage annuel avait lieu en juillet. L'amie de Nana avait un chalet à l'Île-du-Prince-Édouard qu'elle nous louait pendant deux semaines chaque année. C'était incroyable, mais ça allait être *épique*.

D'une part, l'eau serait claire et chaude. Même fin juillet, l'eau à l'Î.-P.-É. ne dépassait jamais vingt degrés Celsius. À Cozumel, la moyenne quotidienne était de vingt-six degrés. De plus, le sable ici était fin et blanc, alors qu'il était soufflé et granuleux là-bas. Ah, et ai-je mentionné qu'ils avaient six piscines, un club réservé aux ados et un mini-parc aquatique en bord de mer ?

Dans l'ascenseur, nous avons vérifié nos bracelets. Ils étaient violets et nous permettaient de manger et de boire n'importe quoi, n'importe où, n'importe quand dans le complexe. Sans alcool, bien sûr. Les bracelets de Maman et Papa étaient bleus.

Au onzième étage, le bagagiste nous a guidés et a ouvert la porte de notre suite. Une suite ! Pendant que Papa lui donnait un pourboire, j'avais déjà sorti mon téléphone, prenant mille photos, et Penny et moi nous sommes précipitées sur la terrasse juste à côté du salon.

Plage et océan. À perte de vue. J'ai pris une profonde inspiration et j'ai inhalé l'air salin. Je souriais d'une oreille à l'autre quand j'ai senti la main de Papa sur mes épaules. Dans un élan d'amour, je me suis retournée et je l'ai serré très fort.

— Merci, merci, merci ! ai-je dit, ma voix étouffée dans sa chemise.

— De rien, petite étoile de mer. J'espère que vous allez vous amuser, les filles. Avez-vous vu votre chambre ? a-t-il demandé, en pointant vers la droite. J

e réalisais à cet instant qu'il y avait, en fait, trois balcons. Celui de droite avait une cloison.

Penny et moi nous sommes regardées et nous sommes précipitées dans le salon. La porte de notre chambre était ouverte et Papa avait placé nos bagages sur les supports à bagages au pied des lits. Il nous connaissait bien. Penny avait celui près du mur. J'avais le lit le plus proche de la fenêtre.

J'étais partagée entre ouvrir les portes-fenêtres, sauter sur le lit comme Penny était en train de le faire, ou prendre des photos avant qu'elle ne mette toute la chambre sens dessus dessous.

J'ai opté pour la prise de photos. Nous avions notre propre porte extérieure et salle de bain. Nous avions même un frigo, une cafetière et quelques collations. Le lit était confortable, et la vue depuis la terrasse était la même que depuis l'autre terrasse.

J'ai publié les photos sur mon compte et envoyé un message rapide à Sam et Julie. De retour au salon, j'ai suivi les voix de Maman et Papa jusqu'à leur chambre. Elle ressemblait à la nôtre en décoration, mais elle était beaucoup plus grande. Ils avaient une salle de bain attenante, mais pas de porte menant à l'extérieur de la chambre. Ils avaient un petit coin salon devant les portes-fenêtres, et leur terrasse avait des chaises longues en plus des chaises et de la table habituelles.

— Mettez vos maillots et retrouvons-nous dans la cuisine dans dix minutes, a-t-il dit, et nous sommes parties comme des diables.

De retour dans la cuisine, Papa a étalé le plan du complexe. Il nous a dit qu'il y avait aussi une application interactive que nous pouvions télécharger. Il nous a montré l'endroit où se trouvait la cabane qu'il avait louée avec Maman pour la semaine. Il voulait que nous nous y retrouvions deux fois par jour pour s'assurer que tout le monde allait bien. Il s'attendait à ce que nous dînions ensemble tous les soirs à vingt heures. Sinon, Penny et moi étions libres.

Maman a dit que je ne pouvais laisser Penny que si elle était au club des enfants sous la supervision d'un adulte et que je devais garder mon téléphone sur moi en permanence, avec le traceur de localisation activé. Papa nous avait donné ces étuis étanches pour garder nos téléphones et il y avait une puce dans nos bracelets, donc nous n'avions pas besoin de clés pour les portes.

— On devrait descendre déjeuner ? ai-je demandé timidement.

— Ta mère et moi voulons défaire nos valises et prendre un verre ici sur la terrasse d'abord. Tu sais, pour nous installer. Mais vous pouvez y aller. Nous devrions être à la cabane vers quatorze heures. Et nous aurons aussi nos téléphones, a-t-il répondu.

Penny tirait mon bras vers la porte.

— Allez-y, faites le tour du propriétaire, a dit Maman et j'ai cédé à Penny.

J'ai suggéré que nous prenions un déjeuner et fassions une mission de reconnaissance rapide, puis que nous revenions chercher nos affaires pour la plage. Penny hochait la tête, mais je pouvais dire qu'elle n'écoutait pas. J'ai ri et nous avons fait au revoir à Maman et Papa.

En descendant, j'ai installé l'application sur mon téléphone. J'ai vérifié l'heure et dit à Penny que nous avions trois options pour le déjeuner. Ses yeux ont failli sortir de leurs orbites quand j'ai mentionné le restaurant *burgers-et-frites-toute-la-journée*. D'accord, direction *The Grill*.

Cela s'est avéré être un excellent choix. *The Grill* était en bord de mer, ne nécessitait pas de t-shirt - seulement des chaussures - et proposait aussi des tacos, des chips et une machine à glaces italiennes à volonté avec plein de choix de garnitures. Penny était au paradis, et j'admets que c'était la belle vie. Nous avons pris une table avec vue sur l'océan et le serveur nous a apporté deux thés glacés.

Après le déjeuner, nous nous sommes dirigées vers la plage pour vérifier la température de l'eau. C'était divin, et j'ai dû retenir Penny pour l'empêcher de se jeter dedans. Je lui ai dit que nous devions laisser le repas descendre un peu avant d'aller nager.

Premier arrêt de notre visite : le club des enfants. Il y avait en fait trois clubs. Le club pour bébés, qui était essentiellement une garderie. Puis, le club des enfants qui était pour les enfants de six à douze ans. C'était très semblable à une colonie de vacances. Certains enfants étaient inscrits pour la semaine. Ils se présentaient tous les matins après le petit-déjeuner et les parents venaient les chercher à seize heures. Penny pouvait aller et venir à sa guise. C'étaient des vacances en famille, et nos parents voulaient passer du temps avec nous.

Ensuite, il y avait le club des adolescents, pour les jeunes de treize à dix-huit ans. L'âge légal pour boire à Cozumel était le même qu'au Canada, dix-huit ans. Le club était en fait le bar des adolescents. La plupart des activités étaient affichées sur le tableau. Elles ne commençaient pas avant midi et se poursuivaient jusqu'à vingt-deux heures.

Nous sommes allées voir les piscines et nous avons pris nos

serviettes de plage gratuites au passage. Maman et Papa devraient prendre les leurs parce que c'était une serviette par bracelet et par jour.

Quand nous sommes arrivées à la chambre, mes parents étaient sur le point de partir. Ils ont attendu que Penny et moi rassemblions nos affaires et nous sommes tous descendus ensemble.

La semaine a été incroyable. Cela faisait un moment qu'Avril ne s'était pas autant amusée avec sa famille. Moi, en revanche, je n'avais jamais ressenti ce sentiment inné d'appartenance. J'étais bronzée, heureuse et j'avais hâte de voir Sam quand nous étions dans l'avion du retour.

CHAPITRE QUINZE

Nos vacances familiales parfaites ont été complètement gâchées quelques minutes avant que nous n'atteignions l'ascenseur menant au parking. Quand Papa a remis notre déclaration et nos passeports au dernier point de contrôle, il a été rapidement escorté à travers une porte simplement étiquetée « Personnel autorisé uniquement ». Tout s'est passé si vite qu'il avait disparu avant même que nous comprenions ce qui se passait.

Pendant ce temps, Maman, Penny et moi avons été conduites dans une pièce voisine. Maman a essayé d'obtenir des informations auprès de l'agente des douanes, mais tout ce qu'elle nous a dit, c'était de rester là et d'attendre de nouvelles instructions.

J'avais vu assez de films pour reconnaître une salle d'interrogatoire. J'ai essayé la porte et, quand j'ai découvert qu'elle était verrouillée, j'ai commencé à paniquer.

— Maman, ils nous ont enfermées ! ai-je crié.

— Ne dis pas de bêtises, a répondu Maman, en essayant la poignée.

Son visage s'est vidé de ses couleurs et elle a frappé à la porte.

— Excusez-moi ? Quelqu'un peut-il ouvrir la porte ? Nous sommes enfermées, a-t-elle dit d'une voix tendue.

Il n'y a eu aucune réponse de l'autre côté.

J'ai fait la même chose, mais sur ce que je présume être un miroir sans tain sur le mur. Rien.

Penny a levé les yeux de sa tablette et a demandé :

— Où est Papa ? Il est allé chercher la voiture ?

J'ai regardé Maman. Elle m'a regardée, puis a regardé Penny.

— Oui, ma chérie. Il reviendra dans un petit moment.

Penny a remis ses écouteurs et a repris son jeu.

Maman s'est rapprochée de moi et a dit à voix basse :

— Je ne sais pas ce qui se passe, mais nous devrions éviter de parler ici jusqu'à ce que nous sachions ce qu'il se passe.

J'ai emmené Penny s'asseoir sur des chaises. J'ai pris mon téléphone et vérifié mes messages.

Maman a passé un appel.

— Riley, c'est moi. J'ai besoin de ton aide. Je sais que ce n'est pas ton domaine d'expertise, mais nous sommes détenues par les autorités à l'aéroport de Montréal. Je suis seule dans une pièce avec les enfants, et ils ont emmené Parker ailleurs, a-t-elle dit.

Maman a répondu à quelques questions d'Oncle Riley. J'ai deviné qu'il était avocat dans cette réalité aussi. Après une minute ou deux, elle l'a remercié et a raccroché. Elle a vérifié sa montre et a froncé les sourcils. Elle semblait débattre avec elle-même.

Elle a passé un autre appel.

— Salut Maman. Je ne veux pas que tu t'inquiètes. Nous sommes toujours à l'aéroport à attendre des bagages égarés. Nous allons probablement dîner en route et rentrer plus tard que prévu. Est-ce que ça te va si je t'appelle demain ? a-t-elle demandé.

Nana avait apparemment accepté puisque Maman a terminé l'appel avec un joyeux « merci, je t'aime ! »

Maintenant, je savais que Maman était inquiète. Elle ne mentait jamais à Nana. Elle est venue vers nous et a demandé :

— Vous avez faim, les enfants ? J'ai des barres protéinées dans mon sac.

J'ai secoué la tête et j'ai continué à faire défiler l'écran. Maman a agité une barre au beurre de cacahuète devant Penny. Elle l'a attrapée et a commencé à manger.

Maman a regardé mon téléphone et a dit :

— Il vaut peut-être mieux que nous gardions ça pour nous pour l'instant.

— Je m'en doutais. J'ai raconté à Sam la même histoire que tu as racontée à Nana, et je lui ai dit que je le verrais demain. C'est une journée pédagogique, de toute façon, ai-je répondu, en agissant bien plus calme que je ne l'étais.

Avril avait clairement un meilleur contrôle émotionnel que moi. Je serais encore en train de frapper à la porte pour qu'on me laisse sortir. Après avoir envoyé des messages à Sam et Julie, elle a commencé à chercher sur Internet des raisons pour lesquelles les gens pourraient être détenus à l'aéroport.

Le téléphone de Maman a sonné et nous avons toutes les deux sursauté.

— Riley ? Que se passe-t-il ? a-t-elle demandé d'une voix un peu aiguë.

Elle s'est levée et s'est éloignée de moi, sans doute pour que je ne puisse pas entendre ce qu'elle avait à dire.

Sa main a volé vers sa bouche et elle s'est exclamée :

— *Quoi ?*

C'était mauvais signe. J'espérais encore que c'était une inspection aléatoire. Selon Internet, ça arrivait. Maman secouait la tête d'incrédulité et remerciait Riley pour son aide.

Je n'ai pas le temps de lui demander ce qui se passe car la porte s'est ouverte et deux agents en uniforme sont entrés, dont l'agent qui nous a amenées ici, accompagnés d'une dame en tailleur strict.

Elle s'est dirigée droit vers Maman et a tendu la main.

— Bonjour, Madame Knox. Je suis Isabelle Larivière. Je suis avocate chez Tremblay et Smith. Mon collègue, Michel Beaumont, est actuellement avec votre mari.

Maman a serré la main de la femme, déconcertée, et a regardé les agents qui attendaient près de la porte. L'une d'elles portait un uniforme légèrement différent et ressemblait à une policière ordinaire.

— L'Agence des services frontaliers du Canada a détenu votre famille au nom de la Sûreté du Québec. Votre mari et son avocat ont été escortés au poste du centre-ville pour interrogatoire. Vous et les enfants êtes libres de partir, a-t-elle dit.

Lorsque Maman allait parler, elle a légèrement secoué la tête et a ajouté :

— Votre mari m'a remis les clés de votre voiture et le ticket de stationnement. Êtes-vous en état de conduire ? Si ce n'est pas le cas, je peux vous conduire à la maison, et cet agent en uniforme nous suivra et me ramènera, a-t-elle demandé en plaçant les objets dans la main de Maman.

Maman s'est ressaisie.

— Non, ça va. Je suis juste surprise et confuse. Clare, prends ta sœur, on rentre à la maison, a-t-elle dit, en mettant les clés et le ticket dans sa poche.

Une fois que nous avons récupéré nos bagages, l'agent a ouvert la porte et nous a laissées sortir de la pièce. Nous avons suivi l'avocate jusqu'au niveau du parking. Il faisait froid et nous avons toutes enfilé nos parkas d'hiver avant de nous diriger vers la voiture. Personne n'a dit un mot pendant que nous nous dirigions vers la voiture, chargions les sacs dans le coffre et montions à l'intérieur.

Elle a tendu sa carte à Maman et a dit :

— Appelez-moi quand vous serez rentrée.

CHAPITRE SEIZE

Alors que maman sortait de l'allée du garage, Penny leva les yeux de son jeu et cria :

— Hé, on n'attend pas papa ?

— Désolée, crevette. Papa a dû travailler. Il nous retrouvera à la maison plus tard, dis-je en lui ébouriffant les cheveux.

Ses yeux se plissèrent en me regardant. Aussi distraite qu'elle avait été jusqu'à maintenant, elle pouvait voir que c'était un gros mensonge.

— La police avait des questions pour papa. Je ne sais pas ce qu'ils veulent savoir ni combien de temps il va rester là-bas, dit maman, résignée.

Elle s'arrêta au premier drive qu'elle vit et nous avons commandé de la nourriture. Ça devrait nous occuper pendant le trajet d'une heure jusqu'à la maison.

Maman alluma la radio et se concentra sur la route. Quand Penny voulut lui demander autre chose, je mis ma main sur sa bouche et lui dis que maman devait se concentrer sur la conduite. Elle fouilla dans son sac à dos et trouva les bonbons que nous avions achetés à l'aéroport.

Heureuse, elle les croqua tout en regardant un film sur sa tablette. Prenant exemple sur elle, je me mis à regarder quelques-unes des émissions que j'avais téléchargées pour le voyage et que je n'avais jamais eu le temps de voir.

De retour à la maison, maman nous demanda de défaire nos valises, de mettre notre linge sale dans le panier et de ranger nos bagages. Elle s'enferma dans sa chambre, probablement pour appeler l'avocat. Elle n'en sortit pas pendant plus d'une heure.

Quand elle finit par sortir, je pouvais voir qu'elle avait pleuré. Elle nous dit qu'il était l'heure d'aller au lit. Il était vingt heures trente, ce qui correspondait à l'heure du coucher de Penny et non à la mienne, mais je ne protestai pas. Alors que nous souhaitions bonne nuit à Penny, maman sortit son téléphone et composa le numéro de papa. Elle le tendit à Penny.

Je ne savais pas ce qu'il lui avait dit, mais Penny sourit, dit bonne nuit à papa et me donna le téléphone tandis qu'elle se blottissait pour la nuit. Maman embrassa son front et nous avons quitté sa chambre.

— Papa ? Qu'est-ce qui se passe ? demandai-je, les larmes m'aveuglant tandis que je me dirigeais vers ma chambre.

Maman ne me suivit pas.

— Salut, Clare. Je suis désolé pour tout ça. C'est juste un malentendu. Il semble que de l'argent manque dans certains de nos comptes et ils essaient de tout comprendre. J'ai dû répondre à quelques questions, dit-il d'un ton désinvolte.

— Mais avaient-ils besoin de venir te chercher à l'aéroport ? Pourquoi ne pas simplement te demander de venir demain quand tu retournerais au travail ? lui demandai-je, sentant qu'il y avait anguille sous roche.

— C'est vraiment compliqué. Ils ont fermé le bureau et voulaient me parler avant que je n'y aille ou que j'aie une chance de parler aux autres banquiers. Comme nous étions absents cette semaine, ils attendaient mon avis. Ma puce, ne t'inquiète pas. Tout va bien se passer. Les policiers faisaient juste leur travail. Je ne suis pas en prison ni rien. En fait, je suis à l'appartement du centre-ville. Je suis trop fatigué pour rentrer à la maison. Je prendrai un Uber et je vous verrai demain, promit-il.

Ça semblait raisonnable, et si je voulais dormir cette nuit, je devais le croire.

— D'accord, papa. Fais attention à toi. Je t'aime, dis-je d'une voix étranglée.

— Dors bien, Clarabelle, dit-il avant de raccrocher.

Il ne m'avait pas appelée comme ça depuis longtemps. Je lèverais normalement les yeux au ciel, mais ce soir, je trouvais ça étrangement réconfortant. Je sortis de ma chambre et serrai maman dans mes bras. Elle se tenait juste devant la porte.

Je pouvais voir qu'elle ne voulait pas en parler. Je comprenais, nous avions toutes les deux besoin de notre sommeil réparateur. Je lui tendis le téléphone et lui souhaitai bonne nuit.

Papa est rentré le lendemain après le déjeuner. Maman et lui pensaient avoir été malins en gardant Penny et moi dans l'ignorance, mais tôt ce matin, je parcourais les nouvelles. J'ai trouvé des gros titres de la semaine dernière concernant des accusations de fraude à la banque de papa.

Ils avaient détenu et interrogé tout le monde, du PDG au gardien de nuit. Quatre banquiers d'entreprise avaient été arrêtés vendredi. Ce matin, ils en avaient arrêté un cinquième et avaient communiqué leurs noms à la presse. Parker Knox était parmi eux.

J'ai attendu qu'il défasse ses bagages, prenne une douche et change ses vêtements pour un jean et un t-shirt. Quand il nous a finalement réunis dans la salle à manger pour une réunion de famille, je ne pouvais pas m'empêcher d'être en colère. J'aurais aimé avoir un vrai journal à lui claquer sous le nez. Ç'aurait été plus dramatique.

À la place, j'ai mis mon téléphone sous son nez et j'ai penché la tête.

— Explique.

Maman m'a regardée d'un air renfrogné et était sur le point de me dire de surveiller mon ton et de respecter mes aînés ou une bêtise du genre. Je connaissais ce regard.

Mais papa a seulement soupiré et baissé la tête.

Oh, mon Dieu ! ai-je pensé. *Il est coupable.*

J'ai repris mon téléphone et l'ai mis dans ma poche. Maman a commencé à pleurer et Penny avait l'air qu'elle avait quand elle se demandait ce qu'elle avait fait de mal. Elle a commencé à s'agiter.

On frappe à la porte, et la tête de Nana apparaît alors qu'elle entre. Papa lance à maman un regard accusateur. Maman l'ignore et se précipite vers sa propre mère. Nana prend maman dans ses bras un moment, lui caressant les cheveux et le dos. Je pouvais l'entendre dire « tout va bien se passer ». Elle donne à maman un mouchoir qu'elle sort de sa poche.

Déchaussant de ses bottes, elle laisse tomber son manteau sur le dossier d'une des chaises de la salle à manger. Elle m'embrasse sur la tempe et va s'asseoir avec Penny, qui était trop grande pour être assise sur ses genoux, mais personne ne le mentionne.

— Bonjour, Parker. J'entends que tu as passé une nuit difficile et que la matinée n'a pas été géniale non plus, lui dit-elle.

Maman s'assoit à côté de lui et il prend sa main pour se donner du courage. Maman est clairement en colère contre lui, mais elle le laisse faire. Il hoche la tête à ce que Nana dit et prend une profonde respiration.

— Les enfants, j'ai fait une bêtise. Une grosse bêtise. Voici la vérité. Un de nos clients a offert à quelques-uns d'entre nous la chance d'investir dans une nouvelle entreprise. Ce type avait la main verte, tout ce qu'il touchait se transformait en or. C'était une belle opportunité. Mais aucun de nous n'avait assez de capital, alors nous avons décidé d'emprunter aux clients, avec l'intention de rembourser avec des intérêts une fois l'entreprise en marche, commence-t-il.

— Ces clients à qui vous empruntiez, ont-ils donné leur consentement ? demande Nana.

Son visage est neutre, elle recueille des informations avant de faire des jugements hâtifs. Je décide de faire de même.

— Pas en tant que tel. Cependant, nous *sommes* légalement autorisés à déplacer des fonds entre comptes à court terme, esquive-t-il.

— Oui, bien sûr. Cependant, je ne pense pas que ton compte

personnel fasse partie de ceux vers lesquels tu peux transférer, dit Nana avec perspicacité.

Elle a raison.

— C'est vrai. Mais nous avons créé un compte en fiducie pour nous tous. L'argent n'a jamais quitté la banque, et n'est jamais entré dans nos comptes personnels. Les comptes sur lesquels nous avons tiré auraient grandement bénéficié de l'investissement, si nous avions eu le temps de le mettre en œuvre, dit-il enfin.

— D'accord, donc ce n'était pas illégal, mais ce n'était pas correct. Et vous avez été pris avant de pouvoir remettre l'argent, ce qui l'a rendu illégal, dis-je, vérifiant que je comprends bien.

— Oui, c'est essentiellement ce qui s'est passé, reconnaît-il.

— Alors, que se passe-t-il maintenant ? demandai-je.

— J'ai été arrêté hier soir et j'ai passé la nuit en prison. Ce matin, je suis passé devant le juge et j'ai été libéré jusqu'au procès. Ne paniquez pas, il n'y aura pas de procès. Pas pour moi en tout cas. L'avocat m'a suggéré d'accepter l'accord rédigé par le procureur, explique-t-il.

— Et quels sont les termes de l'accord ? demande Nana.

Maman recommence à pleurer. Elle sait déjà.

— Je plaide coupable à l'accusation en échange d'une peine réduite, dit-il.

— Tu vas aller en prison ? criai-je, me levant brusquement.

Nana me frotte le dos et m'incite à me rasseoir.

— Je serais envoyé à l'unité de sécurité minimale à Sorel pour neuf mois. Si j'allais en procès et étais reconnu coupable, j'aurais un minimum de deux ans jusqu'à un maximum de quatorze ans parce que la somme totale dépassait un million de dollars. Mais comme nous n'avons jamais vraiment sorti l'argent de la banque, on nous a offert une peine conditionnelle, dit-il.

— Et ton travail ? Et pourquoi tu ne peux pas aller à la prison de Cowansville ? demandai-je.

— Je ne pourrais plus jamais travailler dans une banque. Et probablement pas pour une agence gouvernementale non plus, car j'aurai été reconnu coupable d'une infraction criminelle. Quant à la prison, seuls ceux avec une peine de plus de deux ans vont dans un pénitencier fédéral. Et de plus, la prison de Cowansville est un établissement à sécurité moyenne, répond-il, se frottant le visage avec ses mains.

Penny avait écouté attentivement.

— Donc en gros, papa a fait une mauvaise chose et maintenant il est puni, dit-elle, comme si c'était évident.

— C'est à peu près ça, ma puce, répond-il.

Elle saute des genoux de Nana et va vers lui. Sérieusement, elle place ses mains des deux côtés de son visage et demande :

— Tu promets de ne plus jamais recommencer ?

Papa hoche la tête, les larmes aux yeux.

— Je promets, dit-il d'une voix rauque.

Penny embrasse son front et demande :

— Est-ce qu'on pourra te rendre visite en prison ?

Papa baisse la tête et répond :

— Il y a des heures de visite tous les jours, ma chérie. Maman décidera quand sera le meilleur moment pour venir.

Elle réfléchit à cela pendant une minute et dit finalement :

— Donc c'est comme un camp. Quand est-ce que tu pars ? Quand est-ce que tu reviendras à la maison ?

— Si j'accepte l'accord, j'aurai une autre audience plus tard cette semaine et je devrai probablement me présenter au pénitencier ce week-end. Je serai probablement de retour à la maison pour Noël, dit-il.

Penny dit rapidement « d'accord » et quitte la pièce pour aller regarder les dessins animés à la télé.

— Mais tu vas accepter l'offre, n'est-ce pas ? demandai-je.

— Je ne crois pas avoir une meilleure option, répond-il.

CHAPITRE DIX-SEPT

Le lendemain, Penny et moi sommes retournées à l'école. J'avais supplié mes parents de me laisser rester à la maison avec papa cette semaine, puisqu'il allait s'absenter pour longtemps, mais ils n'ont pas cédé. J'ai alors essayé un autre argument : tout le monde à l'école serait au courant de l'arrestation de papa et ce serait gênant et humiliant.

Mais maman a appelé le proviseur qui lui a assuré qu'il n'y aurait ni harcèlement ni situation embarrassante. Ils avaient une équipe qui gérait ce genre de situation. Si les choses tournaient mal, le proviseur me renverrait à la maison.

Hier soir, j'ai envoyé un message à Sam et Julie et ils m'ont accompagnée jusqu'à ma première heure de classe. Mais quand je suis arrivée, une conseillère m'attendait devant la porte. Sam m'a embrassée et m'a dit qu'il reviendrait après son cours de maths, et Julie m'a serré le bras avant d'entrer dans la classe pour s'asseoir.

Pendant que je discutais dans le bureau de la conseillère, un membre du personnel parlait au reste du groupe, donnant un minimum d'informations et des façons de me soutenir dans cette période difficile. Julie m'a dit plus tard que c'était un beau discours et que la plupart des élèves avaient réagi avec compassion face à ma situation.

À l'heure du déjeuner, la nouvelle s'était répandue et bien que j'aie reçu un peu plus de regards que d'habitude, la plupart s'accompagnaient de sourires compréhensifs. Il faisait encore trop froid pour manger dehors, alors nous avons demandé la permission de manger dans la salle de l'équipe de débat. Mme Newman, notre coach de débat, était là, mais elle est restée dans son minuscule bureau à corriger des copies.

— Comment te sens-tu ? m'a demandé Julie en me tapotant la main.

— Je suis en colère contre mon père pour avoir fait ça. Ça me donne encore plus envie de devenir avocate. C'est tellement facile de s'en tirer avec des crimes en col blanc, ai-je répondu.

Jusqu'ici, j'étais tellement prise dans la vie d'Avril que je n'avais pas eu le temps de réfléchir à ce que *je* ressentirais dans cette situation. Je ne pensais pas que je serais en colère. Je serais déçue de mon père, effrayée à l'idée qu'il aille en prison, et inquiète de l'impact sur notre famille. C'est difficile de savoir comment je me sentirais si j'avais eu mon père à mes côtés toutes ces années. Peut-être que je le prendrais pour acquis.

Après le déjeuner, nous sommes allés à nos cours respectifs et nous nous sommes retrouvés après l'école. La journée s'est bien passée, tout comme le reste de la semaine.

Pendant ce temps, papa a mis ses affaires en ordre et vendredi soir, nous l'avons conduit au centre de détention. Il nous a montré des photos du site web, et ça n'avait pas l'air si terrible. En fait, ça semblait plus agréable que notre lycée. J'ai reconnu les salles d'attente et de visite grâce à la vision qu'Avril avait partagée avec moi du futur.

On nous a expliqué que tous les deux mois, avec une bonne conduite, les détenus pouvaient inviter leur famille à leur rendre visite pendant trois jours maximum. Il y avait de petits « chalets » installés sur le terrain avec deux chambres, une cuisine, un salon et une salle de bain privée. Il y avait aussi une aire de jeux et un terrain de basket pour ce qu'on appelait des *Unités de Vie Familiale* (UVF).

L'officier nous a dit que nous recevrions une liste d'instructions le moment venu, si cela se produisait. Les grands-parents étaient également les bienvenus, mais les parents de papa étaient décédés depuis longtemps et je ne pouvais pas imaginer que Nana soit intéressée par une telle chose.

Un adulte était requis pour une UVF, mais pas pour les visites hebdomadaires. C'est pour cette raison que je pouvais lui rendre visite avec Sam. Il avait redoublé une année à l'école primaire, donc il avait déjà son permis.

En plus des visites hebdomadaires en personne, papa pouvait demander des visites vidéo. Il pouvait utiliser ses privilèges Internet pour avoir une visioconférence avec les membres de sa famille immédiate. Elles devaient être organisées quarante-huit heures à l'avance et ne pouvaient pas durer plus de cinquante minutes.

Nous avons convenu d'un horaire que papa pourrait soumettre pour approbation. C'était mieux que ce que j'avais prévu. Nous aurions toujours accès à papa régulièrement.

Quand nous sommes entrés dans le centre de détention, tout est devenu bien trop réel. Le bâtiment était neuf, tout était impeccable mais délibérément mat. À part le verre renforcé, il n'y avait aucune surface réfléchissante. Comme si tout ce qui brillait pouvait déclencher une rébellion. Ou peut-être était-ce une façon supplémentaire d'effacer l'identité délinquante du détenu.

La salle d'attente était vide. Le gardien derrière la vitre, et probablement ceux qui surveillaient les flux des caméras, étaient les seuls témoins de notre drame familial.

— Bon, les loulous. C'est la fin du voyage, a dit papa en ouvrant ses bras, invitant l'un de nous à l'étreindre.

Penny se précipite vers lui, tout sourire. Pour elle, c'est une aventure. Une qu'elle va probablement exploiter au maximum à l'école la semaine prochaine.

— Amuse-toi bien, papa. J'espère que tu te feras de nouveaux amis pendant ton séjour ici, dit-elle, et nous ne pouvons pas nous empêcher de rire.

Cela soulage un peu la tension, mais pas le froid qui s'est infiltré dans mes os.

C'est comme si une équipe de détraqueurs avait balayé l'endroit juste avant notre arrivée et rôdait encore, impatiente d'aspirer la joie de la pièce pour la prochaine arrivée.

Maman y est allée ensuite. Ils s'étaient disputés toute la semaine. Maman était en colère qu'il l'ait mise dans la position de devoir s'occuper de nous, de la maison et des factures toute seule. On aurait dit qu'ils s'étaient réconciliés au cours des dernières vingt-quatre heures. Ou peut-être avait-elle réalisé qu'elle devait laisser tomber sa colère et faire preuve d'un peu plus de compassion pour ce que papa traversait. Quoi qu'il en soit, ils se sont étreints chaleureusement et se sont embrassés comme s'ils ne se reverraient jamais. S'ils n'avaient pas été mes parents, ça aurait été romantique. En l'occurrence, c'était juste gênant.

C'était mon tour. Maman a emmené Penny s'asseoir dans la salle d'attente, nous laissant, papa et moi, un peu d'intimité. Bien que j'étais très déçue de lui, j'étais toujours la petite fille à papa. Le regard de papa me faisait penser qu'il croyait l'avoir perdue.

Je l'ai laissé m'envelopper dans ses bras, savourant l'étreinte particulièrement serrée qu'Avril lui donnait. C'était l'un de ces moments où le temps semble s'arrêter. J'étais très consciente de la sensation de sa chemise contre ma peau et de l'amour qui émanait de lui, me réchauffant jusqu'au plus profond de mon être.

Papa s'était rasé et l'odeur de son après-rasage allait m'accompagner longtemps après mon retour à ma propre réalité. Tout comme le baiser léger comme une plume qu'il a déposé sur ma tête.

— Je te promets que je ferai mieux, a-t-il dit, la voix brisée par l'émotion.

Je l'ai serré encore plus fort et j'ai répondu :

— Je sais que tu le feras.

Sur le chemin du retour, tout le monde était silencieux. La réalité de voir papa en prison, bien que pas derrière les barreaux, nous avait plongés dans des réflexions silencieuses. Même Penny regardait par la fenêtre, sa tablette oubliée sur ses genoux.

Pendant le week-end, Nana est venue et a égayé l'atmosphère. C'était trop tôt pour rendre visite à papa, il devait s'installer, faire connaissance avec les autres détenus, trouver un travail et rencontrer son conseiller. Nana a essayé de me convaincre de sortir avec mes amis, mais tout ce que je voulais, c'était me rouler en boule et attendre que papa rentre à la maison.

Lundi, maman a insisté pour que j'aille à l'école. Je me suis sentie mieux une fois là-bas, et la vie a recommencé à avoir un sens. Les deux semaines suivantes ont traîné en longueur et j'avais hâte de sortir de cette réalité.

Le mercredi, j'avais une conversation relativement privée avec papa pendant vingt minutes. Maman devait être visible dans le champ, alors elle s'asseyait pour lire le journal à la table de la salle à manger et j'orientais mon ordinateur portable de façon à lui tourner le dos tout en la gardant visible à travers la porte de ma chambre.

Penny avait ses vingt minutes quand j'avais fini, pendant que maman s'asseyait à côté d'elle et faisait semblant de ne pas être attentive. Ça fonctionnait. C'était comme si papa était en déplacement professionnel.

Le samedi, nous allions lui rendre visite et y passions quelques heures. Quand il ferait plus chaud, nous pourrions avoir les visites dans une cour spéciale. Mais pour l'instant, c'était dans la salle des visites.

Quand le dernier jour de mars est finalement arrivé, j'étais plus que prête à retourner dans la pièce jaune. Avant de me coucher, j'ai serré Penny dans mes bras et j'ai gravé ses traits dans ma mémoire. Passer du temps avec elle et papa avait été un plaisir, et je comprenais pourquoi Avril voulait remonter dans le temps et essayer de changer les choses. Si elle pouvait convaincre papa de ne pas le faire, sa vie allait être géniale.

CHAPITRE DIX-HUIT

Quand j'ai ouvert les yeux et vu Avril assise à côté de moi, je l'ai entourée de mes bras et j'ai dit :

— Je suis tellement désolée que ça te soit arrivé !

Elle a hoché la tête tristement et s'est levée pour partir.

— Je vais te laisser continuer tes visites. On se parlera bientôt, a-t-elle dit avant de disparaître.

— Salut, je suis Mai, a dit une fille derrière moi.

Je me suis retournée pour la regarder, mais elle avait déjà pris la place d'Avril.

— Salut, je suis Mars, ai-je répondu bêtement.

Elle a souri. Elle et moi portions la même tenue : un bas de pyjama en polaire bleue et un haut noir avec le mot « Fabulous » écrit en lettres arc-en-ciel.

— Tu as besoin d'une pause ? a-t-elle demandé.

— Ça dépend de ce qui m'attend, ai-je dit avec méfiance.

Je n'étais pas vraiment fatiguée. Je me demandais si toute cette activité allait perturber mon cycle de sommeil.

Est-ce que j'ai même le temps de faire des rêves normaux quand je suis ici ? me suis-je demandé.

Elle avait ce sourire secret que j'avais quand j'essayais de ne pas vendre la mèche.

— Disons simplement que tu te sentiras comme chez toi dans ma vie, a-t-elle répondu de façon énigmatique.

J'ai tourné mes paumes vers le haut et elle les a frappées comme si nous jouions à tape-tape.

Au début, j'ai cru qu'il y avait eu une erreur et que je m'étais réveillée chez moi dans *ma* réalité. Même pyjama, même chambre, même maison. Maman était dans la cuisine en train de faire du café. Elle aussi était en pyjama.

Lors des trois dernières visites, j'étais arrivée le dimanche soir avant le début de la semaine de vacances. J'étais confuse. Mai a fait un câlin à maman et a pris une gorgée de son café.

— Fais-toi le tien ! s'est-elle exclamée.

—J 'ai juste besoin d'une gorgée. Si j'en prends plus, je vais devenir accro. Comme toi, ai-je répondu avec douceur.

Maman a secoué la tête et m'a demandé ce que j'avais prévu pour la journée.

— Je retrouve Mel, Julie et Sam au lac après le déjeuner, ai-je dit en mettant du pain à griller.

— Assurez-vous de garder vos distances, a-t-elle répondu depuis son bureau.

Mai a répondu :

— Ne t'inquiète pas, maman. On fera attention.

Maman a mis son casque et a commencé à travailler. Travaillait-elle un dimanche ?

Mai a versé du jus d'orange dans un verre et en a pris une gorgée pendant qu'elle attendait que les toasts sautent, et je me demandais ce que maman voulait dire par « garder vos distances ». Avait-elle peur que je tombe à travers la glace ? Le lac est gelé depuis plus d'un mois. Nous vérifions toujours le site web de la ville avant de sortir. J'ai secoué la tête. *Les mamans sont bizarres.*

Après le petit-déjeuner, Mai s'est installée sur le canapé pour lire *Le Passeur*. Au moment où j'aurai visité chacune de mes autres réalités, il y avait une chance que ce ne soit plus un de mes livres préférés. Pour l'instant, j'ai lu en même temps qu'elle.

Juste avant le déjeuner, maman m'a dit qu'elle allait se promener et m'a demandé si je voulais l'accompagner. J'ai refusé, en disant que je prendrais suffisamment d'air frais et d'exercice en allant patiner. C'était une courte promenade et quand elle est revenue, j'avais réchauffé du chili pour nous deux.

Maman ne pouvait pas me conduire, elle devait travailler. Il s'avérait que c'était lundi. J'ai marché les deux kilomètres et demi jusqu'au lac en traversant les bois. Quelle différence en six semaines, ai-je pensé. Quand j'ai emprunté ce chemin il y a quelques jours, c'était la mi-avril et le printemps battait son plein. Maintenant, le chemin était verglacé, il faisait en dessous de zéro, et j'étais contente d'avoir mis mes collants sous mon jean.

J'étais la dernière à arriver au lac. Les autres étaient assis sur des bancs extérieurs en train de mettre leurs patins. C'était si étrange, ils étaient assis vraiment loin les uns des autres. Je me demandais pourquoi ils n'étaient pas à l'intérieur, au chaud.

Mai s'est dirigée vers un banc vide et a commencé à mettre ses patins. J'ai croisé un couple de personnes âgées en chemin et j'ai vu qu'ils portaient des masques chirurgicaux. J'ai froncé les sourcils, mais Mai a continué à marcher. Une fois que nous avions tous nos patins aux pieds, nous sommes descendus sur la rampe menant au lac à tour de rôle, pour ne pas nous heurter. Pourquoi cela importerait-il ? N'était-ce pas la moitié du plaisir, de se rentrer dedans et de tomber sur les fesses ?

Sur le lac, tous les adultes portaient des masques comme les personnes âgées. Seuls les enfants et les adolescents n'en avaient pas. C'était très bizarre pour moi en tout cas. Personne d'autre ne semblait dérangé par cela et mes amis n'ont fait aucun commentaire.

Nous patinions en formation carrée, à deux mètres les uns des autres. Les deux devant patinaient à reculons pour que nous puissions parler et nous avons changé de place au bout d'un moment. Maintenant je savais que quelque chose n'allait pas. C'était comme si nous étions tous dans ce film, *À deux mètres de toi.*

J'essayais de comprendre. Certaines personnes étaient proches, se tenant même la main, tandis que d'autres étaient comme nous, gardant leurs distances. Je suppose que ce sont des couples. Les familles étaient proches aussi. C'était tellement bizarre.

Après environ une heure, nous étions tous gelés et avons décidé de retourner mettre nos bottes gelées. Je mourais d'envie d'un chocolat chaud du vendeur à l'intérieur, mais il y avait un panneau sur la porte indiquant qu'ils étaient fermés en raison de la COVID-19. C'était quoi ça ? Y avait-il une épidémie d'un genre ou d'un autre ? Était-ce pour ça que beaucoup de gens portaient des masques ?

C'est tellement frustrant d'être passagère dans cette vie ! Je voulais des réponses et je ne pouvais pas me connecter en ligne pour chercher. Je devrais simplement attendre et voir, ce qui n'était pas mon fort !

Il n'y a pas eu d'embrassades pour se dire au revoir, seulement des baisers en l'air et une promesse de se retrouver en ligne plus tard pour jouer à un jeu appelé « Among Us ». J'ai fait le chemin du retour, j'ai sauté dans la douche pour me réchauffer, puis je me suis fait un chocolat chaud.

Maintenant que j'y pensais, pourquoi maman travaillait-elle en pyjama ? Bien qu'elle travaillait principalement de chez nous, elle mettait quand même ses vêtements de travail et une paire de boucles d'oreilles chaque jour. Cela avait probablement quelque chose à voir avec cette affaire de COVID-19.

J'ai pris mon ordinateur portable et je me suis dirigée vers le salon au cas où notre jeu deviendrait turbulent et dérangerait maman. Nous avons passé un excellent moment et trop vite, maman me disait de venir l'aider pour le dîner.

À part devoir porter des masques et s'asseoir séparément au cinéma, la semaine de vacances s'est avérée être à peu près la même que celle que j'avais eue. Quand l'école a repris, c'est là que les plus grandes différences se sont manifestées.

D'abord, maman travaillait de la maison à cent pour cent du temps maintenant. Tous les entretiens qu'elle devait mener se faisaient par vidéoconférence. Ça n'aurait pas été un problème, sauf que l'école aussi était en ligne.

Maman et moi devions coordonner nos horaires pour pouvoir parler librement sans déranger l'autre. Nous avons mis en place un poste de travail mobile que l'une ou l'autre pouvait déplacer dans une autre pièce pour plus d'intimité.

J'aimais vraiment l'école à distance, mais Mai manquait de voir ses amis tous les jours. Je me suis rendu compte que nous ne voyions pas autant Nana, et seulement à l'extérieur de nos maisons respectives. Comme Nana détestait le froid, elle passait surtout nous voir et restait dans sa voiture pendant que maman et moi gelions et parlions par la fenêtre.

J'ai appris que cela durait depuis environ un an et les gens étaient optimistes. Ils venaient de déployer un vaccin et la vie reviendrait probablement à la normale dans l'année.

Je faisais deux promenades par jour pour rester saine d'esprit et compenser le manque de cours d'éducation physique et le fait de rester assise sur mes fesses toute la journée. Maman faisait de même, mais nous n'y allions pas en même temps. Nous passions déjà assez de temps ensemble et c'était le seul moment où nous étions seules.

La plupart de mes amis se plaignaient de passer tant de temps avec leurs familles. Les nouvelles faisaient état d'un nombre record de cas de violence domestique et de problèmes de santé mentale, en plus du taux de mortalité quotidien dû au virus.

Mais à la maison, tout allait bien. Maman et moi nous étions en fait rapprochées à force de passer tant de temps ensemble. Elle vérifiait que j'allais bien, craignant que je me sente isolée.

Elle quittait à peine la maison sauf pour faire de l'exercice. Elle se faisait livrer nos courses, achetait en ligne et ne voyait pas ses amis. Je commençais à m'inquiéter pour *elle*. Mais elle disait qu'elle préférait ça, et que ses amis comprenaient.

Moi, en revanche, je voyais mes amis aussi souvent que le temps le permettait. Plus il faisait chaud, plus nous étions heureux. Nous faisions surtout de la luge ou du patin, mais bientôt nous marcherions quand la glace fondrait. Et nous jouions à des jeux ou discutions en ligne, ce que nous faisions déjà avant.

On disait que nous, les humains, pouvions nous adapter à tout, et ça devait être vrai. Sinon, pourquoi Mai resterait-elle si elle n'y était pas obligée ? Techniquement, elle pouvait sauter directement dans ma vie et laisser toute cette pandémie derrière elle.

Maintenant, je me demandais si les autres filles étaient même au courant de ma vie. Mai avait laissé entendre qu'elle savait que sa vie ressemblait beaucoup à la mienne. Est-ce que toute mon année s'est chargée dans leurs mémoires quand j'ai commencé à venir au Château de la Clarté ? Je devrais demander à la Professeure ou à Janvier.

Peut-être que j'avais besoin de traverser tous les souvenirs de mars aussi pour que n'importe laquelle d'entre nous puisse faire des changements significatifs, pas seulement Avril.

À la fin du mois, j'étais un peu triste de partir. J'étais très à l'aise dans la vie de Mai et je me demandais si ça valait la peine d'explorer un échange. Je sais que ça semblait fou, mais c'était une vie douillette. Pourquoi quelqu'un voudrait-il délibérément sauter dans une chronologie où il y avait une épidémie d'un virus mortel ?

CHAPITRE DIX-NEUF

Je me suis réveillée dans mon propre lit. M'étais-je trompée de date ? En vérifiant mon téléphone, j'ai vu que c'était bien le dix-sept avril. Pourquoi n'étais-je pas retournée au Château ? Peut-être qu'ils ne voulaient pas que je visite toutes les réalités d'un seul coup.

J'étais soulagée. J'avais l'impression d'être partie pendant des mois alors que j'avais simplement dormi pendant dix heures. C'était ahurissant.

Je me suis levée et j'ai vu maman devant son ordinateur, casque enlevé. Elle était sur Facebook. Quand elle m'a entendue, elle s'est levée pour me faire un câlin. Je l'ai gardée dans mes bras un peu plus longtemps que d'habitude.

— Tu te sens bien ? a-t-elle demandé en vérifiant mon front.

Je lui ai embrassé les joues et répondu :

— J'ai fait un cauchemar cette nuit. Maintenant que je vois que ce n'était qu'un rêve, je me sens fantastique !

Ce qui, je m'en rendais compte, était vrai. Je me suis sermonnée pour avoir même envisagé de choisir la réalité de Mai. D'accord, je n'étais pas ravie à l'idée de mes prochains cours d'éducation physique. Mais les cours de français étaient en fait pires quand ils étaient donnés en ligne. Il fallait tellement plus parler !

Et si je voulais que maman et moi soyons plus proches, je pouvais simplement en avoir l'intention comme j'avais eu l'intention d'avoir une meilleure note à mon examen. D'ailleurs, je pouvais totalement changer ma perspective sur les cours de gym. Si février était une indication, j'avais des gènes de badass quelque part en moi. Je pouvais les activer et améliorer mes performances physiques. Ou suivre l'exemple de Janvier et augmenter ma confiance en moi en général.

Oui, c'est ce que je ferais.

Après le petit-déjeuner, je suis allée dans ma chambre pour faire mes devoirs. Vers dix heures, j'ai reçu un texto de Sam.

« *Tu as besoin d'aide pour revoir les concepts de maths avant le test ?* » a-t-il écrit.

J'ai menti et répondu : « *non, ça va. Merci de proposer !* » et j'ai ajouté un émoji « câlin » pour faire bonne mesure.

Sa réponse est arrivée rapidement : « *pas de souci. À+ !* »

La vérité, c'est que j'étais encore perturbée par les souvenirs de lui en tant que mon petit ami. Comment pourrais-je jamais le regarder dans les yeux à nouveau ? J'ai essayé d'imaginer Sam comme autre chose que mon meilleur ami et je n'y arrivais pas. Ça me donnait la chair de poule.

Ma concentration était fichue et j'ai vérifié l'heure. C'était un peu trop tôt pour le déjeuner, alors j'ai décidé d'aller me promener. Le temps était magnifique et j'étais contente d'être sortie. J'ai marché jusqu'au bois et je me suis dirigée vers la carrière. Pas de château.

Je me suis dirigée vers le lac, mais je ne me suis pas assise pour profiter du soleil. J'avais peur de me retrouver directement au Château, et je préférais profiter de *ce* moment. Le temps avait été exceptionnellement chaud et beaucoup de gens étaient sortis pour profiter des sentiers. Je ne voulais pas risquer de déconnecter et que les gens pensent qu'il y avait quelque chose qui n'allait pas chez moi. Avec un peu de chance, ce n'était qu'un bug temporaire que j'apparaisse dernièrement au Château chaque fois que je me détendais. Sinon, je ne serais plus jamais détendue !

Maintenant que je savais que je pouvais choisir d'y aller n'importe quand, et que je pouvais certainement y aller chaque nuit, je supposais qu'il n'était pas vraiment nécessaire de saisir chaque opportunité.

Quand je suis rentrée à la maison, maman avait préparé des burgers sur le grill. Elle avait aussi la fièvre du printemps !

— Tu veux manger dehors ? a-t-elle demandé.

Je refuserais normalement à cause des frelons tueurs et autres bestioles du même genre. Mais comme ils n'avaient probablement pas encore reçu le mémo que le printemps était arrivé en avance, j'ai pensé que nous serions en sécurité.

— Bien sûr, ai-je dit tout en me demandant comment nous allions nous débrouiller sans table ni chaises.

Comme si elle lisait dans mes pensées, maman a dit :

— J'aurai besoin de ton aide pour sortir le mobilier de jardin du garage. Pour l'instant, je pense qu'on peut tenir nos assiettes sur nos genoux et s'asseoir dans les chaises autour du foyer.

Nous avons déjeuné et discuté du moment où nous ouvririons la piscine pour l'été. Maman aimait le faire tôt dans la saison parce qu'elle disait que l'eau n'avait pas besoin d'autant de produits chimiques et, avec la bâche solaire, l'eau serait prête quand nous le serions.

J'ai fait quelques heures de devoirs supplémentaires avant que maman me rappelle le mobilier de jardin. Ça ne nous a pas pris plus de quinze minutes, mais maintenant que j'étais dehors, je ne voulais plus rentrer. J'ai envoyé un texto à Mel et lui ai demandé si elle voulait faire une balade à vélo. Elle a répondu avec trois émojis qui pleurent de rire.

J'ai répondu avec un émoji de vélo et des mains qui prient.

« *On n'a pas fait de balade à vélo depuis une éternité. Pourquoi pas ? Laisse-moi juste vérifier que j'ai encore un vélo et je te réponds,* » a-t-elle répondu.

Je devais vérifier aussi, me suis-je rendu compte. Je suis retournée au garage et j'ai gonflé mes pneus. J'ai sorti le vélo près de l'entrée de la maison. Maman rangeait les pelles.

— Tu es *sûre* que tu te sens bien ? a-t-elle dit quand elle a vu le vélo.

À ce moment-là, Mel m'a envoyé un texto pour me dire qu'elle me retrouverait au lac dans cinq minutes. *Super !*

— Quoi ? C'est le printemps et on a été enfermées tout l'hiver, ai-je dit pour ma défense.

Maman a haussé les épaules mais m'a rappelé que je devais porter un casque. *Beurk*. Je suis retournée au garage, j'ai enlevé les toiles d'araignée de mon casque et je l'ai mis. En roulant vers le lac, je me suis demandé pourquoi j'avais arrêté de faire du vélo. C'était tellement amusant, beaucoup plus rapide que la marche. D'accord, le casque me donnait un air idiot, mais j'ai remarqué que je n'étais pas la seule à en porter un. Même Mel en avait un quand je suis arrivée au lac.

Nous avons fait le tour de la ville à vélo jusqu'à ce qu'il soit temps de rentrer pour le dîner. Maintenant que je pouvais avoir l'intention d'avoir de bonnes notes, il semblait que j'aurais plus de temps pour m'amuser et voir mes amis. Nous avons convenu de recommencer demain et d'inviter aussi Julie et Sam. Je devrais juste repousser les souvenirs de Sam et moi en couple au fond de mon cerveau.

En rentrant à la maison, je fantasmais sur le fait que Nana serait là avec des lasagnes, du pain à l'ail et une tarte aux pommes, jusqu'à ce que je me souvienne qu'elle était partie pour son voyage au Maroc. Quand je suis rentrée, cependant, maman avait commandé notre pizza hawaïenne préférée et elle avait fait des brownies pour le dessert !

Après m'être lavé les mains, j'ai demandé si elle voulait que je prépare la salade et elle a répondu :

— Oublions ça, ce soir.

Elle a regardé mon visage étonné et a ajouté :

— Et si on mangeait devant la télé en regardant notre film ?

J'en suis restée bouche bée. Pas de légumes et manger devant la télé devaient faire partie des activités interdites dans le manuel de tous les parents. Comme ce n'était pas mon anniversaire, je ne pouvais pas imaginer ce qui lui prenait. Avant même de savoir comment répondre, je disais :

— Je t'aime, maman, et je me précipitais dans ses bras.

Elle a ri et m'a serrée plus fort.

— Si j'avais su que c'était tout ce qu'il fallait, j'aurais entravé ta croissance et fait ça il y a des années, a-t-elle plaisanté.

Consciente que cette démonstration d'affection n'était pas entièrement due au repas, j'avais du mal à exprimer à quel point j'appréciais la mère que j'avais dans cette réalité, et je pouvais seulement imaginer comment cela serait perçu si je le disais à voix haute. Au lieu de cela, j'ai dit :

— Ce n'est pas ça. Je ne te le dis pas assez souvent. Et j'apprécie vraiment tout ce que tu fais pour me faciliter la vie.

Maman a eu les larmes aux yeux et a agité ses mains devant son visage.

— Je t'aime aussi, ma chérie. Tu es le cadeau de Dieu à une mère célibataire, a-t-elle répondu en me tirant à nouveau pour un autre câlin.

— OK, on devrait s'y mettre avant que la pizza ne refroidisse. Quel film veux-tu regarder ? a-t-elle finalement demandé alors que nous apportions nos assiettes dans le salon et les posions sur les tables d'appoint que nous n'utilisions jamais.

— On peut regarder *Crazy Rich Asians* à nouveau ? ai-je demandé.

Maman et moi l'avions vu au cinéma et nous l'avions adoré. Nous l'avions regardé à nouveau quand il était sorti sur le service de streaming. Nous avions tendance à revoir nos films préférés à intervalles réguliers, et j'espérais qu'il s'était écoulé suffisamment de temps depuis notre dernier visionnage pour qu'elle accepte.

— Pourquoi pas ? Installe-le pendant que je vais chercher un verre de vin, a-t-elle dit en se dirigeant vers la cuisine.

Le film était aussi incroyable la troisième fois que la première. C'est tellement romantique. Je suis sûre que c'était pour ça que maman ne sortait avec personne et pourquoi je n'avais aucun intérêt pour les garçons de l'école. Nous avions été gâtées par les parfaits protagonistes masculins romantiques dans les films que nous regardions. Je n'étais pas pressée, et maman ne devrait pas avoir à se contenter de moins !

Après le film, nous avons fait la vaisselle ensemble et maman a demandé si je voulais faire une petite promenade pour digérer toutes les bonnes choses que nous avions mangées. J'ai été surprise par ce nouveau tournant dans notre routine et j'ai commencé à me demander si c'était le résultat de mon intention d'avoir une relation plus proche avec ma mère. J'ai accepté et nous sommes sorties pour une rapide promenade autour du pâté de maisons. Les étoiles brillaient et l'air était frais et parfumé d'une vie nouvelle tandis que la nature se réveillait.

Je suis allée me coucher rafraîchie et impatiente de visiter mes autres moi alternatives. Enfin, celles de mon groupe en tout cas. Je me suis endormie en me demandant quand je visiterais les moi d'autres groupes et d'autres époques.

CHAPITRE VINGT

Quand je suis arrivée au Château, Juin, Juillet et Août m'attendaient. Elles portaient des pyjamas identiques en soie lavande et toutes les trois avaient les cheveux coiffés en une tresse lâche dans le dos. Elles étaient indiscernables et j'ai supposé que cela signifiait que leurs vies étaient plutôt similaires.

L'une d'elles m'a tendu ses mains. Ce devait être Juin. J'ai souri et les ai prises.

C'était la violoniste. Sa vie ressemblait beaucoup à celle de Janvier, et j'étais ravie de revoir Gary.

Juin allait au même camp de musique pendant les vacances de mars, avait le même emploi du temps scolaire. Elle et ses amis formaient un quatuor à cordes. Ruby jouait également du violon, Mark jouait du violoncelle, et Maggie jouait de l'alto. Mark et Maggie formaient un couple très mignon.

Ils étaient incroyablement doués. Ils s'entraînaient tous les jours après l'école et étaient souvent engagés pour jouer lors de divers événements le week-end. Ils allaient tous suivre des cours de niveau universitaire à l'automne.

En un clin d'œil, j'étais de retour sur le canapé, prenant les mains de Juillet. C'était la pianiste, j'étais sur le point de lui demander à propos du whisky mais j'avais déjà été projetée dans sa réalité.

La seule différence que j'ai vue dans cette vie était l'instrument et le fait que Juillet était un peu solitaire. Je suppose que cela allait avec le territoire ; on voit rarement deux pianistes dans un orchestre. Sa vie était presque identique à celle de Janvier et de Juin.

Cela m'a fait apprécier d'avoir une heure entière pour déjeuner. Bien que je la passe souvent à donner des cours particuliers ou à assister à des séances de rattrapage, au moins je prenais le temps de mâcher et de me dégourdir les jambes. Cette histoire de manger dans le bus deviendrait vraiment très vite lassante.

En revanche, elle avait Gary comme beau-père, et j'avais vu ce beau gosse d'Etienne flirter avec elle au camp de musique. Je pouvais facilement les imaginer faire une reprise déchirante de *Shallow* de Lady Gaga et Bradley Cooper. J'ai fait une note mentale pour le suggérer la prochaine fois que je verrais Juillet.

De retour au Château, Août était seule. J'ai deviné que les deux autres avaient des des choses à faire. J'ai pris ses mains et j'ai atterri dans une vie similaire à celle de Février.

Août suivait un régime strict et s'entraînait quotidiennement. Elle faisait partie d'une troupe de ballet et avait passé les vacances de mars à Toronto, auditionnant pour une place à l'École Nationale de Ballet du Canada. L'audition s'était très bien passée et son entraîneur était aux anges. Si elle était acceptée, elle participerait à leur Programme d'Été et déciderait si elle était prête à déménager définitivement à Toronto. L'école offrait non seulement des cours de danse, mais aussi une éducation complète aux niveaux primaire, secondaire et postsecondaire.

Maman devait travailler et n'avait pas accompagné Août à l'audition. Leur groupe logeait sur le campus avec leur entraîneur et l'entraîneur adjoint. C'était la première année que Maman m'avait laissée participer à la compétition. Elle avait dit que j'étais trop jeune pour quitter la maison pour une carrière de ballet avant l'âge de seize ans.

Elle venait juste de rompre avec Simon, un gars avec qui elle sortait depuis trois ans. Nous avions également discuté d'un éventuel déménagement à Toronto. Nana avait dit qu'elle viendrait avec nous, étant donné qu'il y avait plus de vols internationaux au départ de Toronto qu'au départ de Montréal.

Si j'étais acceptée, elles feraient une mission de reconnaissance quand elles me conduiraient au camp et nous verrions comment les choses se passent. Si Nana emménageait avec nous, ou plutôt si Nana achetait la maison ou l'appartement, Maman pourrait prendre son temps pour trouver un emploi et s'installer. Cela rendrait les choses plus faciles et elle aurait quelqu'un avec elle pendant que je serais à l'école toute la semaine. Je pourrais rentrer le week-end et être avec elles.

J'espérais vraiment que cela fonctionnerait pour Août. Cela semblait être une opportunité incroyable, et elle allait probablement y aller avec au moins un ou deux de ses amis. Il y avait vingt-cinq danseurs dans la troupe, mais seulement dix étaient allés à l'audition. Août était très proche de cinq d'entre eux, Constance, Marie, Lulu, Jason et Emily.

En plus de leurs cours de danse pendant les heures de classe, deux fois par semaine, ils suivaient des cours de Zumba après l'école, et les trois autres jours, ils faisaient du yoga et du Pilates. Le samedi, ils s'entraînaient à la salle de sport.

Quand le mois s'est terminé, au lieu de me sentir comme une paresseuse, j'étais fière de mes autres moi. Elles poursuivaient ce qu'elles voulaient et elles étaient brillantes. C'était très inspirant. Dès que je découvrirais ce que je voulais, j'aurais d'excellents modèles pour m'aider à atteindre mes objectifs.

CHAPITRE VINGT-ET-UN

Septembre, Octobre et Novembre étaient là quand j'ai ouvert les yeux. Avant d'oublier, j'ai demandé, à personne en particulier :

— Savez-vous ce qui m'arrive pendant vos mois ?

Ils ont tous hoché la tête.

— Comment ça fonctionne ? Vous le saviez avant mon arrivée ici ?

L'une d'entre elles, la passionnée de sciences, a répondu :

— Quand quelqu'un de nouveau rejoint le groupe, nous recevons instantanément le téléchargement de son mois dès qu'il a son Éveil.

— Cela se produit la nuit, pendant notre sommeil, bien sûr, a ajouté la peintre.

— Comment savez-vous qu'il y a eu un Éveil ? ai-je demandé.

— Dès que tu es capable de venir au château à volonté, ou de converser avec l'une d'entre nous, tu es considérée comme Éveillée.

J'ai médité là-dessus. Broderie était simplement assise là, un sourire agréable sur le visage, piquant son aiguille. J'admets que j'étais extrêmement curieuse à propos de sa vie. Elle semblait si tranquille et paisible.

— Qui commence ? ai-je demandé, prête à traverser trois mois supplémentaires en un éclair.

Les expériences semblaient se dérouler beaucoup plus rapidement maintenant, comme si elles se produisaient à double vitesse.

Septembre s'est avérée être la peintre. En découvrant les vies de mes autres moi, j'avais été stupéfaite du nombre de camps d'élite dans ma région. Je n'avais vraiment aucune idée qu'il y avait autant de programmes d'études artistiques ou sportives dans mon école.

Je n'ai donc pas du tout été surprise de rejoindre Septembre dans un camp d'arts visuels à Sutton pendant les vacances de mars. C'était un camp de jour, ce qui signifiait que je rentrais chez moi la nuit. Nana était de service comme chauffeur. Elle venait me chercher après le petit-déjeuner et me déposait juste avant le dîner.

Quand l'école a repris, l'emploi du temps de Septembre était le même que celui des autres, bien qu'elle n'ait pas d'activités parascolaires. Quand elle rentrait à la maison, elle se dirigeait vers l'alcôve de la salle à manger que Maman utilisait comme salle de sport dans ma réalité. C'était l'endroit de la maison avec le plus de lumière naturelle.

Maman était célibataire dans cette réalité, mais elle sortait parfois les samedis soir. Nana venait et nous passions une soirée entre filles comme celles qu'elle avait avec Février. Je devrais vraiment essayer d'initier ces soirées dans ma réalité. Peut-être que cela inspirerait Maman à sortir davantage.

Il n'y avait pas de projets d'école d'art célèbres dans l'avenir de Septembre. Chaque été, elle allait au camp d'Art à la même École d'Arts Visuels où elle prenait ses cours hebdomadaires. À l'automne, ils organisaient une exposition pour les artistes locaux. L'année dernière, Septembre avait vendu l'une de ses peintures.

La peinture était un portrait d'un enfant serrant dans ses bras un agneau fraîchement tondu. La Foire de Brome l'avait achetée et allait l'utiliser dans l'affiche promotionnelle de l'année suivante. C'était un grand honneur et cela donnerait beaucoup de visibilité à son œuvre.

Septembre avait quelques amis artistes, mais elle était plus proche de Max, un sculpteur sur bois. Ils avaient clairement des sentiments l'un pour l'autre, mais d'après ce que je pouvais voir, leur relation était celle de meilleurs amis platoniques. Pour l'instant, en tout cas.

Ils passaient toute la journée ensemble à l'école mais se séparaient pour leurs cours d'art. Comme il vivait à Sutton, ils ne se voyaient pas après l'école. Ils avaient parfois des discussions vidéo, mais c'était surtout pour étudier ou faire leurs devoirs.

Septembre semblait aimer être dans son propre monde. Quand elle peignait, c'était comme si elle était à l'intérieur du tableau. Elle faisait principalement des paysages, mais il y avait quelques portraits de Maman, Nana et Max.

Ma préférée était une peinture du Château de la Clarté. Il y avait une qualité éthérée qui manquait aux autres. C'était très probablement dû au fait que ce n'était pas un endroit réel. Non, ce n'était pas tout à fait vrai. Le château était réel, tout comme ceux qui s'y rendaient pour apprendre, grandir et évoluer.

Je n'étais pas une artiste, alors c'était difficile de trouver les mots. Le plus proche que je pouvais trouver était que la peinture, comme le château et ses environs, était baignée d'une couche supplémentaire de lumière solaire. Elle scintillait d'une manière qui faisait ressentir la vibration bienheureuse qui s'en dégageait. Quiconque la regardait aurait instantanément envie de sauter dedans, comme dans les aqua-relles de Burt dans Mary Poppins.

Le dernier samedi de septembre, j'ai passé la journée chez Max. Il vivait dans une ferme d'élevage de moutons et sa mère avait une petite boutique où ils vendaient de la laine et des articles tricotés. Je suppose que cela expliquait où j'avais vu un agneau se faire tondre. Maman est entrée pour un rapide bonjour et a dit qu'elle reviendrait me chercher à seize heures.

Max avait un atelier au premier étage de la grange. Il était aussi large que la grange, avec de grandes fenêtres orientées au sud. Je devais être une invitée fréquente car l'une de mes peintures reposait sur un chevalet près de la fenêtre. J'ai posé mon sac sur la table et je suis allée regarder le travail en cours de Max.

J'ai été surprise. Ses œuvres étaient habituellement petites, déli-cates. Comme le petit oiseau qu'il m'avait sculpté à Noël. Mais celle-ci était énorme. La bûche qui se dressait devant lui mesurait au moins deux mètres de long et au moins quatre-vingts centimètres de diamètre. Je n'avais aucune idée de ce que ça allait devenir, et je savais qu'il valait mieux ne pas demander.

On aurait dit qu'il avait utilisé une scie pour enlever le bois excédentaire autour du cercle qu'il avait dessiné au bas du tronc. Il avait dû commencer cela juste après le camp.

Il m'a lancé un tablier et m'a demandé si je voulais un cola. Max avait le tempérament typique de l'artiste. Il travaillait à des heures bizarres et buvait du cola à neuf heures du matin. Il portait exactement la même tenue tous les jours, un jean bleu et un t-shirt gris, auquel il ajoutait une chemise à carreaux en flanelle quand il faisait froid dehors, comme aujourd'hui. Il devait en avoir une réserve sans fin.

J'ai décliné le soda, noué le tablier autour de ma taille et me suis mise au travail. Pas un mot n'a été prononcé pendant les trois heures suivantes. Nous avons travaillé dans un silence complice jusqu'à ce que la mère de Max apparaisse avec une assiette de sandwichs, des crudités et ses célèbres cookies aux pépites de chocolat.

— Merci, Madame T. Je meurs de faim ! ai-je dit alors qu'elle posait le plateau sur la table en désordre.

Max n'avait pas entendu sa mère entrer et ne s'est retourné qu'en m'entendant parler. Essuyant ses mains sur son jean, il s'est approché et a embrassé sa joue.

— Tu es la meilleure, Maman.

Elle a ébouriffé ses cheveux, délogeant un certain nombre de particules de bois.

— Faites-moi savoir si vous avez besoin d'autre chose. Et peut-être que vous devriez ouvrir une fenêtre avant de mourir à cause des émanations de peinture, a-t-elle dit en partant.

Max est allé à la fenêtre et l'a ouverte en grand. Il l'a laissée ouverte pendant que nous mangions. J'ai regardé son espace de travail. Il avait divisé la bûche en quatre parties égales et avait sculpté des rainures en forme de V pour les séparer. Ça ressemblait beaucoup aux débuts d'un totem. Pourtant, je n'ai fait aucun commentaire.

Il a regardé ma peinture. Contrairement à lui, je n'étais pas opposée aux commentaires sur mon travail en cours.

— Qu'en penses-tu ? ai-je demandé.

Il s'est approché pour mieux voir, a regardé dehors, puis à nouveau la peinture.

— Le bleu de la maison des Morrissons n'est pas tout à fait juste. Si tu espérais le reproduire, bien sûr, a-t-il dit.

J'ai soupiré.

— Je sais. J'essayais de le reproduire. Zut, ai-je répondu.

Il avait un bon œil.

— J'apporterai plus de peinture de chez moi la prochaine fois et j'essaierai à nouveau, ai-je dit.

— Ne te flagelle pas. Tu sais que c'est bon, sinon je te l'aurais dit, a-t-il répondu, en fourrant un dernier morceau de son brownie dans sa bouche, puis en avalant son verre de lait d'un trait.

Oui, il me l'aurait dit. C'était la grande, mais parfois pas si grande qualité à propos de Max. Il disait toujours la vérité et n'essayait jamais d'épargner les sentiments de qui que ce soit. Il ne cherchait pas à blesser les gens, cependant. C'était juste sa façon d'être. Je savais toujours à quoi m'en tenir avec Max.

Nous avons passé l'après-midi à travailler côte à côte dans l'atelier jusqu'à ce que Maman vienne me chercher. Je n'avais jamais passé autant d'heures avec un ami sans parler. Mais quand je suis partie, j'ai eu l'impression d'avoir dit tout ce que j'avais besoin de dire. Pour certaines personnes, la peinture, ou n'importe quel art en réalité, leur permet de s'exprimer d'une manière plus authentique que les mots ne le pourraient jamais. À moins d'être écrivain, je suppose. Alors les mots sont ton art.

CHAPITRE VINGT-DEUX

Quand j'ai ouvert les yeux, la fille en blouse de laboratoire était là. J'ai souri, je devais faire attention à celle-ci si je voulais intégrer les cours de sciences avancés l'année prochaine. Elle s'est présentée comme Octobre et nous sommes parties.

Ce n'était pas du tout ce à quoi je m'attendais. Oui, c'était bien un camp scientifique pour intellos. Mais il ne s'agissait ni de biologie, ni de chimie. C'était de la physique. Plus précisément, c'était un camp de robotique et d'aéronautique. Et pas une seule blouse de labo en vue.

Il y a quelques années, l'Université de Sherbrooke, où le premier tournoi avait lieu, a commencé à proposer un camp d'une semaine menant au premier tournoi de robotique de l'année.

Le deuxième tournoi se tenait à Montréal pendant les vacances de Pâques. C'étaient des compétitions régionales organisées par *FIRST Quebec Robotics*, qui fait partie d'un événement international de robotique. Les équipes qualifiées étaient ensuite invitées au Festival mondial FIRST LEGO® League.

La plupart, mais pas tous, des élèves de la catégorie Challenge, pour les jeunes de quatorze à dix-huit ans, étaient inscrits dans des programmes d'études en robotique à l'école. Octobre l'était aussi, elle était l'une des trois seules filles inscrites dans le groupe de troisième année qui comptait vingt-cinq élèves.

Au début, quand j'ai rencontré Tara et Maelyn, je pensais que nous deviendrions les meilleures amies du monde et qu'on mettrait une raclée aux garçons. Cependant, nous avons vite découvert que nous n'étions faites ni pour le travail d'équipe ni pour l'amitié.

Les amis et coéquipiers d'Octobre étaient Alphonso et Joshua. Tous deux étaient au camp avec elle, tout comme d'autres membres de leur classe. J'ai reconnu Joshua de mon cours de français et j'étais contente que nous ayons trouvé un terrain d'entente dans cette réalité. C'était vraiment un amour.

La classe était divisée en deux équipes, chaque équipe avait ses t-shirts respectifs et devait avoir deux mentors. Pour notre équipe, nous avions un professeur comme mentor, et l'autre était un ancien participant qui fréquentait maintenant le cégep.

Notre équipe est arrivée aux matchs éliminatoires mais n'a pas gagné. Bien que tout se soit déroulé sans problème lors de l'essai initial, l'un des roulements de roue ne tournait pas correctement et notre véhicule s'est légèrement écarté de sa trajectoire. C'était suffisant pour ajouter quelques secondes au dernier tour. Le problème a été facilement corrigé, et nous aurions une autre chance lors de l'événement de Montréal le mois suivant.

De retour à l'école, Octobre passait deux après-midi par semaine à apprendre les compétences en sciences, ingénierie et technologie. En plus de participer aux tournois, le programme visait à orienter les élèves vers des programmes d'éducation STIM après le lycée.

La vie d'Octobre était par ailleurs très semblable à la mienne. Elle passait la majeure partie de ses soirées à la maison, avec maman, à faire ses devoirs et à étudier pour les examens.

Inutile de dire qu'elle excellait dans les cours de mathématiques, de sciences et de technologies. Elle mettait moins d'effort dans ses cours de français et d'anglais et ses résultats étaient le minimum requis pour rester dans le programme, soit une moyenne de soixante-quinze pour cent.

Son passe-temps principal était l'assemblage des célèbres briques scandinaves. Dans la pièce que nous utilisions comme débarras au sous-sol dans ma propre ligne temporelle, elle avait une énorme collection. Deux tables pliantes étaient installées. L'une était couverte d'une impressionnante ville, complète avec un train robotisé et un hélicoptère télécommandé, tandis que l'autre servait à assembler des projets et comportait divers plateaux de tri. Sous la deuxième table se trouvaient quatre chariots à roulettes, chacun avec trois tiroirs où les pièces étaient triées non pas par couleur mais par catégorie : pièces de personnages, briques régulières, pièces mobiles, et d'autres que je ne saurais décrire.

Alphonso, Karl et elle passaient tous les samedis après-midi enfermés dans cette pièce sans fenêtres. Quand maman descendait pour voir comment on allait, elle nous demandait d'allumer le ventilateur car ça commençait à sentir le renfermé.

Ils ne travaillaient jamais sur des trucs de compétition ici. Ils créaient simplement, pour le plaisir. Alphonso et Karl avaient leurs propres installations chez eux, mais aucune n'était aussi vaste que la mienne.

Je trouve fascinant que mes autres moi puissent avoir un éventail aussi large de forces et d'intérêts, tout en restant moi. Je veux dire, ce sont évidemment des personnes à part entière. Mais aussi surprenante que chaque nouvelle réalité puisse paraître au début, je pouvais totalement m'y retrouver même si je ne la choisirais pas.

C'était prévisible. Les choix qu'elles ont faits étaient basés sur des différences infimes dans leur façon de réagir ou de répondre aux opportunités ou aux événements, principalement durant l'enfance. Et beaucoup de ces différences tournaient autour de ce que maman faisait ou ne faisait pas, ou de la présence ou non de mon père ou d'une autre figure importante.

Je n'avais jamais pensé que la vie amoureuse de maman avait quoi que ce soit à voir avec moi, mais il est clair que le fait qu'elle ait fréquenté Gary avait conduit à un tas de réalités musicales. Et jusqu'à présent, la présence de papa ne s'était pas avérée si géniale, aussi triste que cela puisse être.

CHAPITRE VINGT-TROIS

Novembre, vêtue d'un kimono noir, se tenait près de la cheminée. Je ne me souvenais pas avoir vu une passionnée d'arts martiaux lors de ma première ou deuxième visite. Puis j'ai remarqué sa frange. La fille emo !

Elle me fusillait du regard, visiblement mal à l'aise que je la fixe ainsi. Elle s'est approchée d'un pas décidé et a saisi mon bras droit comme si nous étions des guerrières, sa main empoignant mon biceps. Je n'ai pas eu le temps de sortir une remarque sarcastique avant d'atterrir dans son monde.

Je m'attendais à ce qu'elle soit enfermée dans sa chambre, à écrire de la poésie et à écouter de la musique triste. Je me rappelais avoir été un peu perplexe en la voyant la première fois. Comment une fille emo pouvait-elle se retrouver au Château de la Clarté ? Toutes ces émotions négatives ne l'empêchaient-elles pas d'accéder à sa « Connaissance », comme l'appelait le professeur ?

À ma connaissance, il n'existait pas de camp pour emos. Si je n'avais pas vu la Fille Emo et la Fille Écrivaine dans la même pièce, j'aurais parié qu'il s'agissait de la même personne.

Je me trompais. Le dimanche soir, Nana l'a déposée devant un bâtiment à l'allure industrielle à Drummondville. Elle est entrée, a signé quelques formulaires, a embrassé Novembre pour lui dire au revoir et a dit qu'elle reviendrait la chercher samedi. Le conseiller l'a assurée que j'étais entre de bonnes mains et que la semaine passée en thérapie individuelle et de groupe me ferait le plus grand bien.

Mais où était Maman ? Pourquoi Nana signait-elle des formulaires ? J'ai soudain eu très peur. Novembre aussi, et cela a fait disparaître son air renfrogné.

Après le départ de Nana, on m'a fourni une pile d'affaires : literie, serviette et deux tenues de ninja. Si ç'avait été des combinaisons orange, je n'aurais pas été surprise. L'endroit criait « centre de détention pour mineurs » même si l'enseigne à l'extérieur indiquait « Toi 2.0 - Un Centre pour Adolescents en Difficulté ».

Ils ont fouillé mon sac à dos et confisqué les objets non autorisés, à savoir mon téléphone portable, ma tablette et quelques encas que Nana avait préparés. Ces objets ont été placés dans un sac que je récupérerais à la fin de la semaine. Une matrone robuste en combinaison noire m'a ensuite demandé d'enlever tous mes bijoux et accessoires et m'a tendu deux lingettes pour le visage afin que j'enlève mon maquillage. Une seule n'aurait pas suffi.

Une fille de mon âge m'attendait. La conseillère l'a présentée comme Kim, en précisant qu'elle me montrerait la chambre que nous partagerions. En chemin, Kim m'a expliqué que les nouvelles recrues étaient toujours jumelées avec une personne déjà établie. *Recrues ?* Ça ressemblait de plus en plus à un camp d'entraînement militaire. Je n'arrivais pas à imaginer cette fille emo se conduire suffisamment mal pour être envoyée en maison de correction.

— Fais ton lit, enfile ton uniforme et range tes affaires dans la commode, m'a-t-elle dit, assez aimablement.

Comme je restais plantée là, elle a semblé comprendre que j'espérais un peu d'intimité pour me changer. La chambre n'avait pas de salle de bain privée.

Elle est sortie dans le couloir et a dit :

— Je t'attends ici. Tu as cinq minutes.

Elle a fermé la porte. J'ai été soulagée de constater qu'il n'y avait ni serrure ni barreaux sur la porte. En revanche, il n'y avait pas non plus de fenêtre dans la chambre.

J'ai rapidement fait mon lit, je me suis changée et j'ai rangé mes affaires. Je me demandais que faire pour les chaussures. Je me suis alors souvenue que Kim était pieds nus et j'ai suivi son exemple. Quand j'ai ouvert la porte, elle a hoché la tête et m'a dit :

— Suis-moi.

Nous avons descendu un couloir avec des portes identiques de chaque côté, puis traversé une double porte vers un autre couloir qui se divisait en trois directions. Nous avons tourné à droite. Ça ressemblait beaucoup à un hôpital. J'étais inquiète. Novembre aussi.

Nous sommes devenues particulièrement inquiètes lorsque nous nous sommes arrêtées devant une porte marquée « Dr Eva Rivers ». Kim a frappé à la porte, a attendu un moment, puis l'a ouverte.

— Bonjour Dr Rivers, a-t-elle dit avec un sourire.

Elle se tenait les mains jointes derrière le dos, les pieds écartés à la largeur des hanches.

Repos, soldat, ai-je pensé.

— Bonjour, Kim. Qui nous amènes-tu ? a demandé la docteure en se levant de son bureau pour venir nous rencontrer de l'autre côté.

— Voici Clare Knox, ma colocataire pour la semaine, a répondu Kim.

— Merci, Kim. Je m'en occupe à partir de maintenant, a répondu Dr Rivers.

Congédiée, Kim a fait une demi-révérence à chacune d'entre nous et a quitté la pièce.

— Bonjour, Clare. Je suis le Dr Eva Rivers, m'a-t-elle dit, la main tendue et souriante.

J'étais incapable de sourire, anxieuse comme je l'étais, mais j'ai tout de même réussi à lui serrer la main et à offrir un faible :

— Bonjour Docteure.

— N'aie pas l'air si inquiète. Assieds-toi et nous allons commencer, m'a-t-elle encouragée, en me faisant signe de prendre l'un des sièges devant son bureau.

Je me suis assise sagement sur le siège pendant qu'elle parcourait ce qui était probablement mon dossier. Finalement, elle a dit :

— Je vois que tu vis avec ta grand-mère depuis que tes parents sont décédés en janvier.

Elle m'a regardée pour confirmation. *Quoi ?* Tout à coup, je pouvais ressentir la douleur et la tristesse de Novembre. C'était vrai. J'ai hoché la tête. *Que s'est-il passé ?*

— Ta grand-mère nous a fourni ton dernier bulletin scolaire et l'évaluation faite par le psychologue de l'école. Il semble que bien que ton travail scolaire n'en ait pas souffert, tu t'es isolée de ton cercle social et passes la plupart de ton temps seule. Ta tutrice rapporte qu'elle t'entend souvent pleurer dans ta chambre, mais que tu refuses d'en parler avec elle. Tu as également refusé des séances hebdomadaires avec un thérapeute. Quand ta grand-mère s'est inquiétée, le conseiller de l'école a suggéré une activité parascolaire qui pourrait t'aider à canaliser certaines de tes émotions. Cela, tu ne l'as pas refusé et tu n'as jamais manqué un cours de karaté. Ton instructeur dit que tu as une aptitude naturelle et que tu as progressé à un rythme impressionnant, a-t-elle expliqué.

À ces mots, Novembre s'est hérissée.

Ils ont même parlé à mon instructeur de karaté. N'y a-t-il donc plus rien de sacré ? s'est-elle demandé.

J'étais d'accord, cela devenait flippant. Ils en savaient beaucoup trop sur moi.

— Et si je te disais que je pouvais guérir ta mélancolie en un clin d'œil ? a-t-elle demandé, fermant le dossier et me regardant intensément.

Son regard était comme les phares d'une voiture pour un cerf, aveuglant mais impossible à éviter. Ma première pensée a été les médicaments ou l'électrochoc. Est-ce qu'on faisait encore ça ? Était-ce légal ?

Je devais avoir l'air horrifiée car Dr Rivers a immédiatement poursuivi en disant :

— Non, rien de sinistre comme ce que tu sembles imaginer, a-t-elle ri.

Elle poursuivit:

— Tes parents étaient des agents d'une unité secrète de renseigne-ment des forces armées appelée le Commandement des Forces d'Opé-rations Spéciales Canadiennes. Ils sont morts lors d'une opération d'infiltration qui a mal tourné, a-t-elle dit et a attendu que je digère cette information.

— Pardon ? ai-je dit, mais ce que je voulais dire, c'était *C'est quoi ce bordel ?*

S'attendant à cette incrédulité, elle a sorti deux photos brillantes de vingt sur vingt-cinq centimètres de Maman et Papa, portant des treillis militaires standard. J'ai d'abord pris celle de Maman. Ses cheveux étaient attachés en une queue de cheval sévère et son visage sans sourire ressemblait à celui d'une étrangère. Les larmes me sont montées aux yeux quand j'ai pris la photo de Papa. Il ressemblait beau-coup à ce qu'il était quand il était en prison. Bronzé, mince et un peu dur.

Quelque chose s'est brisé en moi, et j'ai laissé retomber les photos sur son bureau.

— Vous voulez dire qu'ils ne sont pas morts dans un accident de voiture en revenant d'un spectacle à Montréal ? ai-je demandé, le déni cédant la place à la colère.

— Non. Ils ont été pris en embuscade alors qu'ils récupéraient des informations sensibles dans la ruelle derrière le théâtre. Pendant qu'ils rencontraient leur informateur, un dispositif incendiaire a été placé sur leur voiture, a-t-elle dit.

Une seconde s'est écoulée. Deux. Trois.

— Ils sont morts à cause d'une bombe dans leur voiture ? me suis-je écriée, les yeux écarquillés.

Elle a hoché la tête.

— Techniquement, ils n'étaient pas dans la voiture. Ils ont été projetés à environ quatre mètres par l'explosion lorsqu'ils ont touché la poignée. Ils sont morts des blessures qui ont suivi. Veux-tu voir le rapport ? Pour que tu saches que je dis la vérité ? a-t-elle demandé, en me tendant un autre dossier.

Je voulais dire non. Cela rendrait tout réel. Mais ils étaient morts de toute façon, autant connaître la vérité. J'ai tendu la main et elle m'a donné le dossier. Je me préparais à voir des images macabres, mais il n'y avait qu'une photo de la scène du crime après que les corps eurent été emportés. En lisant le rapport qui parlait de brûlures au troisième degré, de côtes cassées et d'un bassin fracturé, j'ai eu la nausée.

Comme si elle lisait dans mes pensées, ou peut-être la couleur de mon visage, Dr Rivers a avancé une poubelle. Je l'ai prise et j'ai immédiatement lâché mon dîner et mes émotions. J'ai commencé à sangloter de façon incontrôlable, puis à rire hystériquement. Quand j'ai eu fini, elle a pris la poubelle, m'a tendu un mouchoir et m'a dit que je pouvais me rafraîchir dans sa salle de bain privée pendant qu'elle se débarrassait de la poubelle.

Je suis passée par la porte qu'elle m'a indiquée et me suis aspergé le visage d'eau, me suis lavé les mains et ai fait un gargarisme avec de l'eau. Quand je suis sortie, la poubelle avait disparu, et Dr Rivers m'a tendu une bouteille d'eau.

— Comment te sens-tu ? a-t-elle demandé, curieuse.

— En colère, ai-je répondu, et j'ai constaté que je bouillonnais.

Comment Maman et Papa avaient-ils pu me cacher ça ? Comment osaient-ils mourir et me laisser seule avec rien d'autre que des questions.

Dr Rivers a souri avec satisfaction et a dit :

— Tu vois, je t'avais dit que je pouvais guérir ta mélancolie !

CHAPITRE VINGT-QUATRE

Il y eut un coup à la porte et après une pause, Kim revint. Dr Rivers lui demanda d'expliquer ce qu'elle faisait ici.

— Les nouvelles recrues sont évaluées à leur arrivée. Si elles sont jugées comme des candidates appropriées pour le programme, elles commenceront l'entraînement. Si elles ne sont pas des candidates adaptées, elles assisteront à des ateliers et des séances de thérapie en fonction de leur situation et rentreront chez elles à la fin de la semaine, répondit Kim, se tenant dans cette posture quasi-militaire.

— De quel type d'évaluation et d'entraînement parle-t-on ? demandai-je, plus par curiosité que par réel intérêt.

Tout ça était complètement dingue. J'assisterais aux ateliers et thérapies obligatoires et je rentrerais à la maison pour avoir une conversation intéressante avec Nana.

— L'évaluation a déjà commencé. Le contenu de votre dossier est la première partie du filtrage. Votre réaction à l'existence de la force opérationnelle secrète et à l'implication de vos parents est également analysée, répondit Dr Rivers.

— Et ensuite ? demandai-je, consciente que ma question n'avait pas encore reçu de réponse.

— Il y aura une série de tests physiques, de compétences linguistiques, de performance sous stress, ce genre de choses, dit Kim.

— Est-ce que je peux refuser d'être testée ? demandai-je.

Je ne sais pas à quel point Novembre et moi avions des points communs, mais j'échouerais probablement à la plupart des tests physiques.

— Je crains que non. C'est obligatoire pour tous les participants au camp. Certains résultats seront inclus dans le rapport fourni aux parents ou tuteurs. Tous les résultats sont envoyés au QG, particulièrement pour les recrues héritières, dit Dr Rivers.

— Héritières ? demandai-je.

— Les enfants d'agents sont automatiquement testés, expliqua Kim.

— Parle-moi de l'entraînement, dis-je, dirigeant ma question vers Kim dans l'espoir d'obtenir une réponse cette fois.

— Tu as sûrement vu des films ou des séries de la CIA, du MI6 et du FBI, non ? dit-elle. (Je levai les yeux au ciel.) C'est à peu près comme ça, mais pour adolescents. Je veux dire, cette installation forme uniquement des adolescents. Les candidats adultes sont évalués et formés dans d'autres établissements, dit Kim.

— Attends, donc c'est essentiellement une école pour enfants espions ? demandai-je avec un petit rire.

— Les adolescents sont extrêmement résilients, ils s'adaptent plus rapidement aux changements que la plupart des adultes. Ils ont également moins de résistance à apprendre de nouvelles choses ou de nouvelles façons de faire, dit Dr Rivers.

C'était surréaliste. Mais il n'y avait clairement aucun moyen de sortir d'ici pour les sept prochains jours. Comme dit le proverbe, la seule façon d'en sortir était de traverser l'épreuve.

— Combien de temps dure l'entraînement ? demandai-je, me demandant ce qui m'attendrait s'ils me jugeaient apte.

— Cela dépend de quand tu commences et du temps que tu y consacres. À ton âge, si tu venais ici seulement les week-ends et pendant les vacances scolaires, la formation de base prendrait probablement environ cinq ans. Cependant, si tu fréquentes cette école à temps plein, tu terminerais ta formation en même temps que le lycée, expliqua Kim.

— Et après ? demandai-je.

— La plupart des étudiants passent à la phase suivante de formation, qui comprend également un diplôme universitaire. Nous suivons le programme canadien, il n'y aurait pas de CEGEP. Cependant, certains étudiants décident de commencer à effectuer des missions mineures sur le terrain tout en poursuivant leur éducation de manière normale, dit Kim.

— Tu veux dire comme la réserve de l'armée ? demandai-je.

Je me souviens avoir vu une brochure à ce sujet à l'école comme parcours professionnel.

— Oui, exactement ! dit Kim.

— Donc, c'est essentiellement comme entrer dans l'armée, dis-je.

— Avec un petit plus, dit Kim.

— Penses-tu avoir suffisamment d'informations pour le moment ? C'est presque l'heure d'éteindre les lumières, dit Dr Rivers.

Je regardai l'horloge au mur. Il était huit heures quarante-cinq. Mon cerveau ne pouvait pas en supporter davantage de toute façon, alors je dis que ça me suffisait pour l'instant.

— Très bien, Kim t'expliquera l'emploi du temps et te guidera demain. Bonne nuit, Kim. Bonne nuit, Clare. Et bienvenue à *Toi deux point zéro* ! dit-elle d'une voix beaucoup trop enjouée pour être rassurante.

Je quitterais probablement cet endroit avec une lobotomie.

De retour dans notre chambre, Kim détailla l'emploi du temps quotidien. Réveil à cinq heures, échauffement et session d'entraînement, douches, petit-déjeuner, ateliers, déjeuner, activités extérieures, séances de thérapie, écriture de journal (ou autre activité individuelle), dîner, temps libre, extinction des feux à neuf heures.

Je soufflai un grand coup. J'étais épuisée rien qu'en entendant ça.

— Prends ta serviette et tes affaires de toilette, je vais te montrer où se trouve la salle de bain, dit Kim.

En chemin, elle m'expliqua que les lumières du couloir s'atténuaient mais restaient allumées la nuit au cas où j'aurais besoin d'aller aux toilettes au milieu de la nuit. Elle ajouta aussi qu'il y avait des caméras dans les couloirs et que les doubles portes à chaque extrémité du couloir étaient verrouillées pour notre sécurité. Personne n'était autorisé à entrer dans une chambre qui n'était pas la sienne, jamais. Si nous voulions passer du temps avec quelqu'un, ce serait dans les salles communes pendant le temps libre.

Je fus soulagée de voir des cabines individuelles de toilettes et de douches. Quand Maman m'avait emmenée une fois à la salle de sport, tout le monde se douchait dans la même pièce. Je n'étais pas d'accord avec ça. Et j'avais vu assez de films pour m'inquiéter de l'intimité.

Nous nous sommes brossé les dents, nous sommes lavées, et avons mis nos pyjamas. Il y avait d'autres filles dans la salle de bain et Kim me les présenta, bien que j'étais trop nerveuse pour me souvenir des noms. Dans le couloir en revenant, tout le monde souriait et se souhaitait bonne nuit comme si c'était une sororité. Peut-être que c'en était une.

— Est-ce qu'il y a des garçons ici ? demandai-je quand nous nous sommes mises au lit.

— Je me demandais quand tu allais poser la question ! dit Kim en riant.

J'attendis, sans rien dire et elle poursuivit:

— Oui, mais pas dans ce couloir. Les garçons sont dans un autre couloir. La plupart des activités sont mixtes, tout comme les instructeurs, dit-elle en bougeant dans son lit jusqu'à ce qu'elle soit confortable.

— Dis la vérité, est-ce que je vais mourir ici ? demandai-je, feignant l'humour mais vraiment intéressée par la réponse.

Elle éclata de rire et répondit :

— Bien sûr que non, idiote. C'est juste comme un camp, un camp très actif.

— Donc, ça ne va pas être comme l'entraînement pour les Audacieux, dans *Divergent* ? demandai-je, ma voix à peine plus haute qu'un murmure.

Les lumières s'étaient éteintes.

— Juste un peu, chuchota-t-elle en retour.

CHAPITRE VINGT-QUATRE

Merde.

La semaine fut épuisante d'une manière que je ne peux pas décrire. J'ai quitté le « camp » avec une offre pour rejoindre leur programme de formation, soit à temps partiel, soit à temps plein. Ils ont donné à Nana un tas de faux dépliants sur l'école et lui ont dit que j'avais montré de si bons résultats que je recevrais une bourse complète.

Avant mon départ, Dr Rivers m'a dit que je pourrais assister à trois sessions de formation de week-end avant de me décider. Cela me donnerait assez de temps pour en discuter avec Nana, décider si c'était un bon choix pour moi, et prendre des dispositions si je décidais de transférer en milieu d'année.

Nana était très impressionnée, tant par la bourse que par le rapport qu'elle avait reçu. J'avais fait un virage complet à 180 degrés et j'étais maintenant une adolescente heureuse et bien adaptée, prête à atteindre mon plein potentiel.

Sur le chemin du retour, Nana m'a demandé ce que je pensais de tout ça. Je lui ai dit honnêtement que j'envisageais d'y transférer à temps plein, mais que je voulais d'abord y réfléchir.

— C'est une décision très mature, jeune fille. Je suis si fière de toi. Et je suis sûre que tes parents sont très fiers de toi, où qu'ils soient, dit-elle.

J'en étais certaine.

CHAPITRE VINGT-CINQ

J'ai ouvert les yeux, le cœur battant encore après cet exercice nocturne surprise, et je me suis affalée sur le canapé, soulagée. Je ne voulais absolument pas échanger ma place avec Novembre. Je me suis tâtée pour vérifier si j'avais des muscles endoloris ou de nouveaux bleus, mais ils avaient disparu. Malheureusement, mon corps tonique et musclé aussi. J'étais revenue à mon état habituel tout mou.

C'est seulement à ce moment-là que j'ai remarqué la présence de quelqu'un dans la pièce avec moi. C'était la fille à la broderie. Décembre. Quand elle a remarqué que je la regardais, elle a souri et posé son ouvrage.

— Tu ne parles pas beaucoup, lui ai-je dit.

— Dieu nous a donné deux yeux et deux oreilles, mais une seule bouche, a-t-elle répondu, aussi énigmatique que le Dalaï-lama.

Elle semblait si gentille que je ne voulais pas l'offenser involontairement par une réponse maladroite.

J'ai tendu mes mains vers elle en signe d'invitation. Elle s'est levée de son siège et est venue s'asseoir à côté de moi sur le canapé. Elle a pris une de mes mains et l'a bercée entre les siennes.

— Ne t'inquiète pas, tout finit par s'arranger, a-t-elle dit d'une voix apaisante.

J'étais dans un avion, assise à côté de Nana. Il semblait que nous étions en route pour l'Espagne, plus précisément pour Grenade. Elle et Décembre faisaient toutes les deux de la broderie avec des expressions sereines identiques. Je commençais à paniquer à nouveau. *Où est maman ? Pourquoi n'était-elle pas en voyage avec nous ?* Les souvenirs de Décembre ont envahi mon cerveau.

Maman sortait avec un homme nommé Simon depuis trois ans. Il ne vivait pas avec nous, mais il nous emmenait souvent, maman et moi, faire diverses sorties, et il nous accompagnait lors de nos vacances annuelles en famille avec Nana. Je l'aimais bien, il était gentil. Cependant, il est mort dans un stupide accident de ski en janvier et maman était effondrée depuis. Bien que Nana aidait autant qu'elle le pouvait, j'avais dû prendre le relais à la maison.

Comme j'étais déterminée à figurer au tableau d'honneur dans toutes les matières possibles, mon niveau de stress était devenu dangereusement élevé et ma professeure principale m'avait suggéré de parler à une conseillère. Celle-ci m'avait proposé des activités pour canaliser mon énergie et mes émotions. Comme j'avais déjà tant à faire, et qu'elle insistait pour que j'en choisisse une, j'avais opté pour la broderie pour l'apaiser.

Cette activité était proposée pendant l'heure du déjeuner deux fois par semaine. Cela me donnait une excellente excuse pour ne pas traîner avec mes amis. Ils étaient bien intentionnés, mais j'étais fatiguée de parler de mes problèmes et beaucoup trop épuisée pour entendre les leurs. Mon cerveau était tellement encombré par tous les objectifs que je voulais atteindre et toutes les tâches que je devais accomplir à la maison.

L'activité était dirigée par la psychologue scolaire. Quand je l'ai aperçue depuis la porte, j'ai hésité et envisagé de partir. Mais elle m'avait repérée et cherchait mon nom sur sa liste. Je le lui ai donné à contrecœur et je suis entrée dans la salle.

Il y avait environ vingt élèves, garçons et filles, ainsi qu'une poignée de membres du personnel. La seule personne que je reconnaissais était Valérie, une fille de mon cours de français. Elle m'a souri et m'a indiqué le siège à côté d'elle.

Mme Reynolds me faisait signe. Elle m'a donné un sac et m'a invitée à m'asseoir.

— Je voudrais souhaiter la bienvenue à nos nouveaux membres dans la classe de broderie. Vous pensez peut-être que la broderie est passée de mode depuis des décennies. Mais vous serez peut-être surpris d'apprendre que la broderie, le crochet et le tricot ont fait leur grand retour en tant que pratiques de pleine conscience, a-t-elle dit.

Pendant qu'elle parlait, Valérie a ouvert le sac que je tenais encore et a disposé le contenu sur mes genoux. Elle m'a encouragée à tenir le tambour. Elle a ensuite pris son kit et a commencé à broder. J'ai regardé autour de moi et tout le monde, sauf les nouveaux, brodait. Un membre du personnel et deux autres élèves tenaient le tambour comme moi. Bizarre.

— La pleine conscience est le processus qui consiste à ralentir et à prendre le temps de concentrer toute notre attention sur l'endroit où nous sommes, et sur ce que nous pensons, ressentons et faisons dans le moment présent. C'est la pratique qui consiste à être conscient de nos émotions et de nos actions au moment où elles se produisent, et à les accepter sans jugement. Quand nous sommes conscients de nos senti-ments à un moment donné, nous créons l'opportunité d'interagir avec les autres de manière réfléchie, par opposition à simplement réagir ou agir par réflexe. La pleine conscience est un élément essentiel de la guérison et du bien-être, notamment compte tenu des effets négatifs que le stress peut avoir sur notre santé, a-t-elle poursuivi.

J'ai réalisé que broder était une activité principalement silencieuse.

— En quoi la broderie est-elle liée à la pleine conscience ? Lorsque nous nous engageons dans une tâche avec nos mains, cela permet à notre esprit de vagabonder, ou simplement d'être. Le travail lui-même a une qualité méditative et rythmique, et il permet à nos pensées et à nos sentiments de mijoter. Nous pouvons broder pendant qu'un problème épineux mijote. Souvent, à la fin du temps passé à broder, nous sommes parvenus à une certaine résolution ou sommes au moins plus aptes à tolérer l'ambiguïté de la situation. L'aspect kinétique de la broderie donne à notre cerveau un petit espace pour faire une pause, réfléchir et observer nos émotions sans jugement, a-t-elle conclu.

Elle a ensuite fait le tour pour répondre aux questions. Valérie a placé la toile fournie sur le tambour. Ce n'était pas un paysage champêtre ordinaire. Sur la toile étaient peints les mots « Sois. Ici. Maintenant. » Comme c'était approprié. Elle m'a montré comment enfiler l'aiguille et nouer le fil. Les fils dans mon sac étaient de différentes couleurs mais tous précoupés à la longueur appropriée. Elle m'a expliqué que cette première broderie n'était pas destinée à être jolie. Il s'agissait d'apprendre à broder et de rester présente. J'ai commencé avec le point continental de base et j'ai réalisé à quel point c'était facile.

Après environ quinze minutes, Mme Reynolds est venue me voir et a félicité mon travail. Elle m'a demandé comment je me sentais, et j'ai dû admettre que c'était la première fois depuis longtemps que je me sentais détendue. Valérie est restée silencieuse, sauf pour me donner des conseils de temps en temps.

Certains élèves s'étaient éloignés pour discuter tout en brodant. D'autres écoutaient de la musique avec des écouteurs. Mais l'atmosphère était aussi zen que si nous avions fait un cours de yoga ou de méditation.

J'ai été surprise quand la cloche a sonné et qu'il était temps de retourner en classe. Mme Reynolds a dit que nous étions autorisés à broder pendant les cours si cela nous aidait à rester calmes et concentrés. Elle a également mentionné qu'il existait des groupes de tricot et de crochet que nous pouvions essayer si la broderie n'était pas notre truc.

Au début, j'étais trop gênée pour broder en classe. Mais quand le prochain cours de français est arrivé, j'ai vu Valérie broder pendant l'explication du professeur et j'ai fait de même. En une semaine, j'ai réalisé que la broderie était non seulement excellente pour rester calme, mais j'ai constaté qu'elle menait à des solutions faciles pour mes tâches scolaires.

Néanmoins, Nana s'inquiétait pour moi. Elle a demandé l'autorisation de me faire sortir de l'école une semaine supplémentaire après les vacances de mars. Il fallait bien sûr passer par maman, mais le directeur et la conseillère étaient d'accord. Comme le semestre se terminait en février, je ne manquerais rien d'important et je pourrais rattraper à mon retour.

Maman voyait un thérapeute et, quand elle est retournée au travail, elle a embauché une femme de ménage à temps partiel. Nana m'a assuré que maman allait bien se porter et qu'il était temps pour moi de prendre une pause bien méritée.

Et c'est pourquoi nous volions vers Grenade. Déterminée à m'offrir une expérience unique, Nana nous avait inscrites à une marche de deux semaines jusqu'à Saint-Jacques-de-Compostelle. C'était l'une des routes du Camino, une moins connue appelée le Camino andalou.

J'avais d'abord été sceptique quant à la capacité de Nana et moi de parcourir les cent soixante-trois kilomètres jusqu'à Santiago, mais quand elle m'a montré les photos et a mentionné que la température moyenne serait d'environ quinze degrés Celsius, j'ai été partante.

Nous faisions techniquement partie d'un voyage en groupe, mais le Camino est connu comme quelque chose que l'on fait seul, pour soi-même. Marcher avec d'autres n'était pas recommandé car chacun pourrait ne pas avoir le même rythme. J'étais à peu près sûre que Nana était plus en forme que moi et que nous nous en sortirions bien.

L'itinéraire était divisé en onze étapes. Nous avions un nombre déterminé de kilomètres à parcourir chaque jour, que nous faisions à notre propre rythme, et nous retrouvions les autres aux hébergements choisis pour la journée. Une fois là-bas, nous pouvions faire ce que nous voulions, ou rejoindre le groupe pour visiter la ville, ou pour le repas du soir.

Nana nous avait procuré à chacune une carte SIM européenne pour que nous puissions rester en contact avec maman et l'une avec l'autre si nous nous perdions de vue sur le sentier. Après le premier jour, j'ai compris pourquoi c'était une bonne chose, et pourquoi ce n'était pas un problème de laisser une Canadienne de quinze ans se promener seule dans le sud de l'Espagne.

D'une part, il y avait peu de monde sur le Camino en mars. D'autre part, les pèlerins – comme on appelait ceux qui parcourent le Chemin de Saint-Jacques – étaient traités avec le plus grand respect. Les habitants offraient de la nourriture, de l'eau ou un endroit pour se reposer en chemin. Et enfin, comme j'étais la seule personne de notre groupe de moins de soixante ans, j'étais maintenant la mascotte que tout le monde voulait surveiller. Mais à une distance sûre et respectueuse.

Je ne peux pas dire que j'ai eu de grandes révélations en chemin, pas d'éveil spirituel majeur. Cependant, je n'avais jamais été aussi en paix, aussi *dans l'instant présent*, sauf quand je brodais. Il n'y avait rien d'autre à faire que marcher et s'imprégner du paysage. La campagne andalouse était à couper le souffle. J'avais souvent vu des photos de l'Andalousie sur internet, mais c'était encore mieux.

Chaque jour, le nombre de kilomètres augmentait un peu. Au neuvième jour, nous faisions en moyenne vingt kilomètres par jour et je remarquais à peine la différence. À la fin de la journée, j'étais heureuse d'enlever mes chaussures et de mettre mes tongs. Mais je n'avais pas eu d'ampoules et je n'étais ni courbaturée ni même fatiguée quand je me réveillais.

J'ai pris environ un million de photos et je téléchargeais les meilleures sur mon compte Instagram le soir quand nous avions accès au Wi-Fi. J'en envoyais quelques-unes supplémentaires à ma mère par e-mail, mais c'était l'étendue de mes activités liées aux écrans.

Quand nous avons finalement atteint Santiago, je n'arrivais pas à croire que nous avions pratiquement traversé l'Espagne à pied. Nous sommes restées un jour de plus là-bas et avons visité Finisterre où se trouvait la borne du kilomètre zéro, appelée la Fin du Monde.

Le temps était plus frais ici, mais je ne voulais jamais partir. Je voulais déménager dans ce petit village côtier et nager dans la mer chaque jour. Hélas, la vraie vie m'appelait, et je me sentais prête à la conquérir.

Je suis rentrée bronzée, reposée et complètement infectée par le virus du voyage. Nana a promis que nous planifierions un voyage spécial pendant l'été maintenant qu'elle savait que j'étais une si bonne compagne de voyage. J'étais tellement zen que j'ai facilement rattrapé tout mon travail scolaire quand je suis retournée à l'école. Et c'est seulement après mon premier examen, pour lequel je n'avais pas étudié autant que d'habitude, que j'ai compris que toute ma vie avait changé. Que ce soit grâce à la broderie ou au Camino, il n'y avait aucune chance que je redevienne l'ancienne moi.

CHAPITRE VINGT-SIX

Mes mains semblaient vides quand je suis revenue dans la chambre jaune. Décembre m'a souri et m'a donné son cadre à broderie. Le simple fait de le tenir me rendait euphorique. J'allais définitivement me renseigner sur cette histoire de broderie. Et j'ai pris note de demander à Nana de m'emmener en Espagne cet été. Je devais faire ce voyage pour moi-même. J'étais simplement assise là, en pleine zénitude, quand la Professeure est apparue.

— Maintenant que tu as accédé aux souvenirs de chacun, nous pouvons nous réunir pour le rituel, a-t-elle dit.

Pendant une minute, j'ai paniqué. Un rituel ? Des images de films gothiques des années quatre-vingt-dix ont envahi mon cerveau. Puis je me suis souvenue que j'étais au Château de la Clarté, et qu'il s'agissait probablement d'une simple méditation de groupe autour d'un cercle de cristaux.

Je n'étais pas si loin de la vérité. La Professeure a pris ma main et nous sommes immédiatement apparues dans une pièce sans fenêtres au sous-sol. C'était une pièce circulaire avec douze portraits de chacune d'entre nous accrochés aux murs. Septembre les avait peints, et j'ai froncé les sourcils en voyant Écrivaine gribouiller dans son carnet sous le mot Mars. Alors que je m'avançais pour me tenir devant ce portrait comme les autres l'avaient fait, j'étais sur le point de faire une remarque sur cette erreur, mais Septembre m'a simplement fait un clin d'œil en me disant de laisser faire. J'ai haussé les épaules et laissé tomber. Ce n'était pas à propos de moi, c'était à propos d'Avril.

Il y avait effectivement un cercle de cristaux au milieu. La Professeure et ce que je supposais être sa Guide se sont placées à l'intérieur en faisant attention à ne pas perturber le périmètre. Une fois que tout le monde était en place, la Guide a invité Avril à les rejoindre dans le cercle. On lui a ensuite demandé d'exprimer son intention.

— J'aimerais retourner au seize janvier. C'est à ce moment-là que les journaux ont dit que mon père et ses collègues ont été approchés avec cette opportunité. J'espère le convaincre, grâce à ma préconnaissance des événements, de ne pas le faire et, si possible, de persuader les autres de ne pas le faire non plus, ou au moins de s'écarter d'eux s'ils décident quand même de continuer, a-t-elle dit.

— Tu es consciente que ton père et tous les autres impliqués ont leur libre arbitre et que ton intervention pourrait ne pas donner les résultats souhaités, que le résultat actuel pourrait être le plus avantageux, et que tu devras faire face au nouveau résultat, quel qu'il soit, est-ce exact ? a demandé la Guide.

Avril a dit oui. La Guide s'est alors tournée vers chacune d'entre nous et a demandé si nous étions d'accord avec l'intention d'Avril. Nous avons toutes dit oui. On nous a demandé de nous approcher le plus possible du cercle sans le toucher et de nous tenir la main. Avril a pris sa place parmi nous. Pendant un instant, j'ai pensé à quel point c'était étrange de me tenir en cercle avec onze – treize si on comptait la Professeure et la Guide – de mes sosies.

Nous nous sommes donné la main et Janvier a partagé une vision du seize janvier. C'était un samedi. Maman avait emmené Penny à son cours de natation. Papa et moi étions seuls à la maison. C'était le moment parfait pour avoir la discussion initiale.

Le sol a semblé légèrement vibrer. J'ai senti une chaleur venant de la main d'Avril à ma droite, puis elle a disparu, ma main ne saisissant plus que de l'air.

— Est-ce que ça a marché ? ai-je lâché.

Je me suis immédiatement excusée et j'ai mis une main sur ma bouche.

Cela a brisé le sortilège, et tout le monde a cessé de se tenir la main. La Professeure a ri et m'a dit de ne pas m'inquiéter. Bien que ce soit un rituel, ce n'était pas sacré ou quoi que ce soit. C'était plutôt un rituel symbolique dont le but était de nous enseigner l'importance de faire nos devoirs, d'exprimer des intentions claires et d'assumer les conséquences.

— Avril a réussi à retourner à la date demandée. Pour savoir si elle a atteint son objectif, tu devras chercher dans tes souvenirs de sa réalité. Ils auront déjà changé, a-t-elle dit.

— Aussi vite que ça ? ai-je demandé.

Puis, j'ai rapidement ajouté « laissez tomber » avant qu'elle ne puisse me rappeler que le passé et le présent étaient des illusions.

Alors que tout le monde partait, ou je devrais dire disparaissait pour retourner dans sa vie, j'ai demandé un moment à la Professeure.

— Vous avez dit que c'est un rituel symbolique. Quand pourrons-nous faire un saut en arrière ou en avant dans le temps, ou dans une autre ligne temporelle par nous-mêmes ? ai-je demandé.

— As-tu trouvé une réalité plus adaptée lors de tes voyages ? a-t-elle demandé avec un sourire.

— Non, je suis juste curieuse. Comme vous l'aviez prédit, j'ai aimé certains aspects de la vie de chacune et je vais mettre en œuvre quelques changements dans la mienne en conséquence, ai-je répondu.

— Une fois que tu auras mis en œuvre ces changements et maintenu une vibration élevée pendant quelques mois, tu seras transférée dans un groupe de six, puis trois, puis deux. Après cela, tu seras seule. La durée de ton séjour dans chaque groupe dépendra de la vitesse de ta croissance et de la force de tes désirs, a-t-elle dit.

J'ai lentement hoché la tête. C'était encore une réponse vague, mais je supposais que cela signifiait que je n'irais nulle part pour le moment.

J'ai pointé mon portrait du doigt.

— Qu'est-ce que Septembre sait sur moi que j'ignore ? Est-ce que ça signifie que je vais devenir écrivaine ? ai-je demandé.

— Il y a deux façons de le découvrir. La première est de demander à

Septembre un aperçu de ta réalité. La seconde est d'attendre et de voir, a-t-elle dit avec un clin d'œil.

Son sourire me faisait penser qu'elle me provoquait.

— Mais le fait de voir le portrait ne me met-il pas déjà sur cette voie ? ai-je demandé.

Je commençais à comprendre ce truc de continuum espace-temps. En sachant que je serais écrivaine dans le futur, que je voie une vision ou non, l'idée même activerait cet aspect de ma vie. Certes, j'obtenais de bonnes notes dans tous mes devoirs écrits, tant en français qu'en anglais. Mais je ne m'étais jamais vue comme une écrivaine, à proprement parler. Ceci dit, je ne m'étais jamais vraiment vue comme quoi que ce soit.

— Souviens-toi que chacun a son libre arbitre. Si l'idée ne te plaît pas, tu peux en choisir une autre. Mais quand on t'a demandé quelle était ta compétence à ton arrivée, tu as répondu "l'inquiétude". Tu ne peux pas nous reprocher de vouloir te donner un petit coup de pouce, a-t-elle dit en me donnant effectivement un coup d'épaule avant de me laisser seule dans la salle du rituel.

Je n'aimais pas l'idée de rester seule dans le sous-sol d'un bâtiment, encore moins d'un château.

Mais je n'étais pas encore prête à me réveiller, alors j'ai formulé l'intention d'aller au lac. Ce serait agréable de m'asseoir seule sur le banc et de regarder l'eau aussi longtemps que je le voulais, sans m'inquiéter d'attraper un coup de soleil.

CHAPITRE VINGT-SEPT

Je me suis réveillée chez moi. J'avais peut-être abusé de l'hospitalité du Château. Quel jour était-ce ? Mon téléphone m'a confirmé qu'on était dimanche, un peu après neuf heures du matin. J'ai reniflé l'air. Du bacon. Et des gaufres !

J'ai abandonné mon téléphone sans vérifier mes réseaux sociaux et je me suis précipitée hors de ma chambre.

— Bonjour, ma chérie, a dit Maman en sortant le bacon du four.

Elle a à peine eu le temps de dire : « Tu arrives juste à temps ! » que l'alarme à incendie s'est mise à hurler. J'ai attrapé le morceau de carton qu'on gardait toujours à portée de main pour ce genre d'occasion et je l'ai agité devant l'appareil récalcitrant. Une fois le calme revenu, je me suis approchée de Maman pour notre câlin matinal.

— Ça sent bon, ai-je dit avant de me diriger vers la salle de bain.

Quand j'en suis sortie, elle avait mis la table et notre festin nous attendait.

— Tu as vu les premières photos de Nana depuis Casablanca ? m'a-t-elle demandé en sirotant son café.

— Non, je me suis écroulée comme une masse hier soir, et l'odeur des gaufres m'a distraite ce matin. Je vérifierai après le petit-déjeuner, ai-je répondu.

Maman refusait de faire des crêpes, des gaufres ou toute autre pâtisserie si je ne l'aidais pas avec la vaisselle. Elle avait été occupée pendant que je dormais. Elle avait préparé des muffins et des cookies pour la semaine, et une montagne de bols et de casseroles nous attendait.

Mon travail d'enfant-esclave terminé, je suis allée dans ma chambre pour vérifier mes réseaux sociaux et planifier cette balade à vélo pour l'après-midi. Mel m'avait devancée. Tout était prévu pour un rendez-vous à treize heures au lac.

J'ai potassé mes livres le reste de la matinée, déjeuné, puis je suis partie m'amuser avec mes amis. Pendant ce temps, Maman est allée faire de la randonnée avec une amie. Elle disait qu'elle voulait en profiter au maximum avant qu'ils ne ferment les sentiers pour la saison de boue. Avec les températures chaudes, la glace et la neige fondaient plus rapidement cette année.

Quand je suis rentrée vers seize heures, elle n'était pas encore de retour. Elle avait dû se faire raccompagner par son amie car la voiture était dans l'allée. J'ai vérifié le menu de la semaine et j'ai vu qu'elle avait prévu du saumon pour ce soir. C'était assez simple. J'ai préchauffé le four, saupoudré le saumon d'assaisonnement érable-chipotle et j'ai commencé à préparer la salade pendant que le poisson cuisait.

Quand j'ai entendu une portière claquer, j'ai jeté un coup d'œil par la fenêtre de la cuisine pour voir si c'était Maman ou une autre livraison. Maman était vraiment accro au shopping en ligne. J'ai vu Maman, mais elle n'était pas seule. C'était Maman et un mec !

Ça devait être un rendez-vous car le gars a bondi hors de la voiture pour se précipiter et ouvrir la portière de Maman. Il bougeait si vite que je n'ai pas pu bien voir son visage. Elle devait s'y attendre car elle a pris son temps pour rassembler ses affaires. Quand il a ouvert la portière pour elle, Maman a rougi et gloussé comme une écolière. Je veux dire, je ne pouvais pas l'entendre, mais je reconnaissais un gloussement quand j'en voyais un.

Une fois sortie, il a ouvert la portière arrière et a attrapé son sac à eau. Il y a eu un moment gênant quand elle a essayé de le lui prendre et qu'il tentait simultanément de le placer sur ses épaules. J'ai éclaté de rire puis je me suis cachée au cas où ils m'auraient entendue.

Quand je me suis relevée pour les espionner davantage, ils étaient hors de mon champ de vision. En quelques minutes, Maman entrait dans la maison et la voiture de Roméo quittait l'allée.

Le four sonnait, et j'ai attrapé les moufles. Maman a rapidement retiré ses chaussures et s'est précipitée pour ventiler le détecteur de fumée tandis que j'ouvrais la porte du four.

— Ma chérie, tu as préparé le dîner ? Je meurs de faim. Désolée pour le retard, il faisait tellement beau qu'on a pris le chemin le plus long pour descendre de la montagne, a-t-elle dit en m'embrassant sur la tempe avant d'aller se laver les mains et de porter les assiettes à table.

J'ai attendu qu'on soit assises pour manger avant de la cuisiner.

— Alors... Comment s'appelle-t-il ? ai-je demandé innocemment.

— Qui ça ? a-t-elle demandé, tout aussi innocemment.

— Le mec, Maman ! ai-je dit en riant de la tête qu'elle faisait.

Je pouvais voir qu'elle était partagée. Elle voulait me parler de ce rendez-vous parce qu'il venait juste d'avoir lieu et qu'elle avait besoin d'en parler à quelqu'un. D'un autre côté, le Manuel du Parent Parfait stipulait clairement qu'on ne devait discuter de sa vie amoureuse avec ses enfants que lorsque c'était assez sérieux pour leur présenter un partenaire de vie potentiel.

— Maman, j'ai presque seize ans. La plupart de mes amis sortent ensemble ou ont des petits amis. Je peux très bien supporter que tu me parles d'un rendez-vous de randonnée ! ai-je dit, essayant de garder un visage impassible.

Elle a pris une énorme bouchée de sa salade et a mâché pendant très longtemps. Puis elle a pris une longue gorgée de vin. Je mourais d'envie de savoir, et ma jambe a commencé à s'agiter impatiemment sous la table. Et si son nom était Simon ? Mourrait-il dans un accident ? La saison de ski était terminée, mais il y avait toujours le VTT, l'escalade ou le base jump ! Maman aimait les sportifs. Enfin, celle-ci. Les versions alternatives d'elle avaient clairement des goûts très variés.

Finalement, elle a reposé son verre et a dit :

— Il s'appelle Gary.

J'ai dû faire un effort surhumain pour ne pas sauter de joie sur place ou pousser un cri de victoire. Cependant, je n'ai pas pu cacher un sourire. Je devais rester concentrée. Ce n'était peut-être pas lui.

— Qu'est-ce qu'il fait dans la vie ? ai-je demandé d'une voix chantante, en haussant les sourcils.

Elle a ri et a repris son repas.

— Il est photographe pour une entreprise qui publie une douzaine de magazines spécialisés, a-t-elle dit.

Sainte Guacamole ! C'était *lui*. C'était mon Gary. Notre Gary. J'étais tellement excitée que j'ai dû m'excuser et aller aux toilettes où j'ai immédiatement dansé une gigue de célébration et agité mes bras en l'air comme si je venais de marquer un penalty.

Oui, oui, oui !

J'ai tiré la chasse, me suis lavé les mains et suis revenue à table où, aussi nonchalamment que possible, j'ai demandé :

— Comment vous êtes-vous rencontrés ?

— C'est la chose la plus drôle. Tu sais, cette application de rencontres que tu me pousses à rejoindre ? Eh bien, Michelle me harcelait aussi pour que je m'y inscrive. Je l'ai fait, juste pour qu'elle me laisse tranquille. L'application te fait savoir si tu as des amis en commun, et j'aime bien cette fonctionnalité. C'est un peu comme obtenir des références pour un entretien d'embauche, a-t-elle expliqué.

C'était bien le genre de Maman de considérer les rencontres comme un projet de ressources humaines.

— Bref, Gary est ami avec Michelle ! Alors, je lui demande ce qui ne va pas chez Gary ? Pourquoi n'avait-elle pas essayé de m'arranger un rendez-vous avec lui avant ? Elle m'avait présenté tous les hommes célibataires de son entourage jusqu'à maintenant. Pourquoi s'arrêter là ?

Nous avions terminé le dîner et Maman a suggéré que nous préparions des s'mores pour le dessert près du foyer extérieur. Pendant que nous mettions la vaisselle dans le lave-vaisselle, j'ai dit :

— Et ensuite ?

— Elle m'a dit qu'elle ne savait pas que Gary était célibataire. Il sortait avec une autre femme d'après ce qu'elle savait, a répondu Maman.

— Non ! ai-je dit.

— Alors, Michelle a interrogé son mari à ce sujet. Gary est son ami. Il s'est avéré qu'ils s'étaient séparés juste après Noël et le mari de Michelle n'avait pas pensé à le mentionner.

Nous sommes sorties avec les ingrédients et Maman a allumé le feu. Nous nous sommes assises dans les fauteuils et avons attendu qu'il prenne complètement.

— Wow ! Et depuis combien de temps sortez-vous ensemble ? Ça ne peut pas faire longtemps, à moins que tu n'aies été discrète à ce sujet, ai-je demandé.

— C'était notre deuxième rendez-vous. Ou je devrais dire notre premier *vrai* rendez-vous. La première fois, nous nous sommes juste retrouvés pour un café pour voir si nous nous plaisions dans la vraie vie. Il était en mission dans les Cantons-de-l'Est cette semaine, et j'avais une pause entre deux entretiens, alors nous avons sauté sur l'occasion, a-t-elle expliqué.

J'ai commencé à mettre des guimauves sur ma double brochette pendant que Maman commençait à séparer les biscuits et la tablette de chocolat et les répartissait sur nos assiettes.

— Je suppose que ça s'est bien passé si vous avez décidé de vous revoir. Comment ça s'est passé aujourd'hui ? ai-je demandé, essayant de ne pas avoir l'air d'avoir un intérêt personnel dans le résultat de leur rendez-vous.

Maman ne semblait pas le remarquer. Je ne posais pas de questions bizarres ou trop personnelles.

— Ça s'est bien passé. C'est un très bon photographe et il adore être en plein air. J'étais un peu gênée par toutes les photos que j'ai postées sur Facebook, mais il les a trouvées bonnes, a-t-elle répondu.

— Vas-tu le revoir ? ai-je demandé, en écrasant la guimauve entre les biscuits, léchant le chocolat fondu avant qu'il ne touche le sol.

— Oui, nous avons prévu une randonnée plus longue samedi prochain, puis peut-être d'aller dîner. Ça ira pour toi toute seule ? Nana ne sera pas encore rentrée. Peut-être que tu peux inviter tes amis ? a-t-elle dit, incertaine.

— Oh mon Dieu, Maman ! Je suis assez grande pour rester seule à la maison un samedi soir, ai-je dit, feignant d'être offensée.

Pas besoin de mentionner que j'*allais* inviter mes amis parce qu'en fait j'avais peur de rester seule à la maison. Je n'avais jamais eu l'occasion de m'entraîner, elle ne sortait jamais !

— Mais je vais voir ce que Mel, Julie et Sam ont prévu, ai-je ajouté d'un air détaché.

— Merveilleux ! a-t-elle dit, l'air soulagée.

Pauvre Maman, inquiète de laisser son bébé seul à la maison.

Nous sommes restées près du feu bien après avoir atteint notre limite de s'mores, simplement à contempler les flammes. J'étais presque sûre que nous pensions toutes les deux à Gary. Elle, se demandant si ça marcherait. Moi, espérant que oui.

Attends une minute, ai-je pensé. Il y avait un moyen de découvrir si ça irait au-delà du troisième rendez-vous. Par la même occasion, je pourrais jeter un coup d'œil à ce à quoi ressemblerait ma vie dans quelques mois. Je n'étais pas sûre de comment m'y prendre, cependant. Si j'appelais Septembre, je pense que je serais passagère dans sa réalité, comme je l'avais été dans celles de Janvier et d'Avril.

Si je voulais accéder aux souvenirs de Septembre concernant ma réalité, qui se produirait dans le futur pour moi mais dans le passé pour elle, je pense que je devais la voir au Château. Mais comment m'assurer qu'elle y serait ce soir ?

Je me suis levée brusquement et Maman a sursauté.

— Désolée, je viens de me rappeler que j'ai oublié de faire une dernière relecture pour un devoir que je dois rendre demain, ai-je dit.

Maman a vérifié sa montre et m'a demandé d'aller chercher son livre. Elle lirait jusqu'à ce que le feu s'éteigne. Je suis allée chercher son livre et lui ai dit bonne nuit, au cas où j'aurais besoin de plus de temps pour consulter Septembre.

J'ai enfilé mon pyjama, me suis brossé les dents et j'ai réglé mon réveil. Il n'était que vingt heures trente, mais je voulais m'en débarrasser au cas où ma mission prendrait plus de temps. Au Château de la

Clarté, le temps n'existait pas et peu importait combien de temps les choses prenaient, alors je n'étais pas sûre de comment ça se passerait.

Je me suis assise en tailleur sur mon lit et j'ai fermé les yeux. J'ai pris une profonde inspiration, vidé mon esprit et appelé Septembre dans ma tête.

« Hé, quoi de neuf », a-t-elle répondu instantanément, vraisemblablement depuis son esprit aussi.

« J'aimerais jeter un coup d'œil à ce qui va se passer en septembre. C'est autorisé, n'est-ce pas ? » ai-je demandé.

C'était plus facile si j'imaginais simplement qu'elle se tenait devant moi dans la pièce jaune.

« Oui, bien sûr, c'est pour ça qu'on est dans le même groupe », a-t-elle répondu.

« Comment ça marche ? Tu me montres maintenant ? On prend rendez-vous ? On se retrouve au Château ? », ai-je demandé.

« Nous devons être au Château. Si c'est juste un aperçu, et pas un mois entier, alors nous pourrions nous y retrouver n'importe quand. Sinon, ça doit être la nuit », a-t-elle expliqué.

« Si c'était le cas, comment ferais-je pour m'assurer que toi, ou n'importe qui d'autre, y seriez ? », ai-je demandé.

« Tu demanderais, comme ça, à l'avance », a-t-elle dit.

« D'accord, quand serais-tu libre ? », ai-je demandé.

« Je peux te retrouver maintenant si tu veux. Maman lit près du feu et je suis déjà au lit », a-t-elle dit.

« Pareil ! », me suis-je exclamée, étonnée de voir à quel point nos vies se reflétaient même à cinq mois d'écart.

Avril et septembre étaient tous deux de bons moments pour profiter d'un feu en plein air.

« Vous avez aussi fait des s'mores ? », ai-je demandé.

Elle a ri et dit non parce que sa mère avait arrêté le sucre, alors elles n'avaient que du thé à la menthe. J'ai sympathisé et espéré que cela ne faisait pas partie des attractions à venir pour moi. Nous avons convenu de nous retrouver au Château.

Instantanément, nous nous sommes retrouvées toutes les deux dans la pièce jaune.

CHAPITRE VINGT-HUIT

C'est un peu gênant, mais on s'est fait un câlin quand on s'est vues. Je mourais d'envie de parler de tout ça à quelqu'un et pendant une bonne quinzaine de minutes, c'est ce qu'on a fait. Je lui ai demandé comment sa vie avait changé depuis sa découverte du Château et son éveil.

— Mon art s'est beaucoup amélioré, ainsi que mes relations. Tu te souviens de Max ? m'a-t-elle demandé.

— Le beau gosse silencieux qui travaille le bois ? ai-je demandé avec un clin d'œil.

Elle a rougi.

— Oui, lui. Eh bien, aussi confortables qu'on était à faire notre art dans un silence complice, je voulais qu'il s'ouvre à moi, tu vois, qu'il parle. Maintenant, il partage toujours ses pensées et ses sentiments les plus profonds. Parfois, j'aimerais qu'il se taise pour que je puisse travailler, a-t-elle dit.

— Attention à ce que tu souhaites. J'ai compris, ai-je répondu, et nous avons éclaté de rire toutes les deux.

— Mais sérieusement, ça nous a rapprochés et les choses ont progressé au point qu'on sort presque ensemble, a-t-elle dit.

— Presque ? ai-je demandé.

— Bien qu'on ait parlé de tout le reste, on n'a pas eu « la conversation ». On se tient la main à l'école, et il m'a embrassée sur les lèvres quelques fois, mais rien d'officiel n'a été décidé, a-t-elle dit.

— Je ne suis pas une experte en matière de relations, mais je pense que c'est ça, que vous l'ayez dit ou non, ai-je répondu.

Puis, je lui ai raconté comment Avril et Sam sortaient ensemble dans sa réalité et comment ça me hantait depuis.

— N'est-il pas ton meilleur ami ? Enfin, l'un d'entre eux ? a-t-elle demandé.

— Oui ! Je ne l'ai jamais vu autrement que comme un ami jusqu'à ce que je passe un mois dans la vie d'Avril. Maintenant, je ne peux plus ne pas le voir dans ce rôle, ni oublier la sensation de son baiser sur mes lèvres, ai-je répondu.

— Et bien sûr, tu ne peux pas en parler à tes amis parce qu'ils penseraient que tu es folle, a-t-elle dit en hochant la tête avec compréhension.

— Et j'ai eu le même sentiment à propos de ton portrait de moi en tant qu'écrivaine. Je pensais pouvoir laisser tomber et simplement attendre de voir. Mais maintenant, j'ai une autre raison de jeter un coup d'œil, ai-je dit, m'excitant de nouveau à l'idée d'avoir Gary comme beau-père.

Je lui ai demandé si elle se souvenait de lui dans certaines des autres réalités.

— J'aimerais que ma mère le rencontre ! Peut-être que je devrais la pousser vers cette application de rencontres, a-t-elle répondu, pensive.

— J'ai l'impression de tricher, mais je dois savoir, ai-je dit.

Elle a ri.

— Ce n'est pas tricher, idiote. C'est pour ça qu'on vient au Château de la Clarté. Pour trouver de la clarté, des réponses, pour choisir ce qui nous convient le mieux. Comment pouvons-nous savoir ce qui nous convient si nous ne l'essayons pas d'abord ? Nana dit toujours : « On ne peut pas faire un gâteau... », a-t-elle commencé.

J'ai terminé la fameuse expression : « sans casser quelques œufs ! »

et nous avons ri toutes les deux. C'était tellement amusant. Comme avoir une meilleure amie et une sœur tout en une.

— D'accord, qu'aimerais-tu voir ? Y a-t-il une date en particulier ? a-t-elle demandé.

— Je n'en ai aucune idée, mais peut-être choisis un jour où je verrai quelque chose en rapport avec l'écriture, maman et Gary, et Sam et moi, ai-je dit, consciente que je ressemblais à quelqu'un qui commandait dans un catalogue.

Elle a fermé les yeux et semblait mentalement parcourir le mois. Puis elle a souri et ouvert les yeux.

— J'ai le jour parfait ! a-t-elle dit avant de prendre une de mes mains sans que je comprenne ce qu'elle avait en tête.

Il y avait la fête du Travail chez nous ! C'était la première que nous organisions. Le temps était fantastique et il y avait pas mal de monde dans la piscine. En plus de Mel, Julie et Sam, il y avait d'autres jeunes d'âges divers que je ne reconnaissais pas.

Maman et Gary étaient dans un jacuzzi que nous allions apparemment acquérir dans les cinq prochains mois. *Gary !* Nana était là avec eux, avec ce qui devait être son petit ami car il lui grignotait l'oreille. Beurk !

Même Oncle Riley était là, faisant griller des burgers sur le BBQ. J'ai cherché Tante Felicia du regard, et elle était là, servant des margaritas fraîchement mixées. J'ai regardé à nouveau les enfants dans la piscine et j'ai réalisé qu'il s'agissait de Chase et Evan avec leurs petites amies. Je ne les avais pas vus depuis si longtemps.

C'est alors que Sam m'a attrapée par la taille, m'a planté un baiser sur les lèvres et nous a lancés tous les deux dans la piscine. Quand nous sommes remontés à la surface pour respirer, il a dit :

— On doit gagner celle-là !

Il est retourné sous l'eau, a soulevé mes jambes et est réapparu avec moi sur ses épaules. Chase et Evan ont fait de même, et Mel avait Julie sur ses épaules. C'était une sorte de jeu de volleyball.

En quelques minutes, Chase et Mandy ont été couronnés champions ultimes et on nous appelait à sortir de la piscine pour manger.

Je suis allée dans ma chambre pour me changer et enlever mon maillot de bain mouillé. Alors que j'étais sur le point de quitter ma chambre, j'ai vu une enveloppe sur mon bureau. Elle n'était pas là ce matin. Peut-être que maman avait oublié de vérifier la boîte aux lettres vendredi et que Gary s'était arrêté en revenant d'acheter de la glace ce matin.

C'était de la banque locale. On pouvait y lire : « *Chère Mademoiselle Knox, nous sommes heureux de vous informer que votre essai intitulé « Changez vos pensées, changez votre vie » a été sélectionné comme l'un des trois finalistes de notre concours annuel de jeunes écrivains...* »

Quoi ? Je n'avais participé à aucun concours d'écriture, ni écrit cet essai. Ah, c'est vrai. Je n'avais pas encore fait ces choses. La lettre continuait en disant que les finalistes et leurs familles étaient invités à une lecture officielle après laquelle les juges annonceraient l'essai gagnant. Le gagnant recevrait une bourse d'études, en fiducie, pour ses études supérieures, de trois mille dollars. Wow !

Je me suis précipitée dehors, tenant la lettre dans une main et mon maillot de bain mouillé dans l'autre.

Mes mains tenaient encore les objets invisibles quand nous sommes revenues au Château. Je supposais que j'avais mes réponses. Oui, sur tous les fronts. J'avais toujours des sentiments mitigés à propos de cette histoire avec Sam.

Comme si elle lisait dans mes pensées, Septembre a dit :

— Souviens-toi, tu as ton libre arbitre. Et Sam aussi, ainsi que ta mère et Gary. Tout peut se passer exactement comme ça si les choses continuent comme elles l'ont fait. Mais n'importe qui peut changer d'avis et prendre une autre direction. Alors, ne t'inquiète pas. Ce n'est qu'une autre possibilité parmi un million, a-t-elle dit.

Nous avons discuté encore un peu d'elle et de Max. Puis elle m'a aidée à clarifier mes sentiments mitigés à propos de Sam. En fin de

compte, l'important était de laisser les choses se produire naturelle-
ment et de voir où elles mèneraient. Ne pas forcer, mais ne pas résister
non plus. J'ai pensé que c'était un excellent conseil. Je l'ai remerciée
d'avoir pris le temps et nous sommes toutes les deux retournées à nos
vies pour nous préparer à aller au lit.

CHAPITRE VINGT-NEUF

Cette nuit-là, j'étais déterminée à découvrir ce qui était arrivé à Avril. Si elle avait définitivement disparu, ils l'auraient sûrement remplacée, et nous aurions été appelés pour témoigner des souvenirs de la nouvelle Avril. Dans la situation actuelle, je n'avais aucune idée de comment récupérer le mois de mars mis à jour depuis la réalité d'Avril.

Quand je suis arrivée dans la pièce jaune, Avril était là, vêtue de sa tenue habituelle du club de débat. Bon début. En m'approchant, elle s'est levée et m'a serrée dans ses bras. Elle souriait, donc je suppose que tout s'était bien passé.

— Comment ça s'est passé ? ai-je lâché, trop curieuse pour attendre qu'elle me montre.

— Ça a marché ! Enfin, l'objectif principal a été atteint. Dès que je suis revenue, j'ai commencé à harceler mon père à chaque occasion, en lui fournissant autant de détails que je pouvais me rappeler. Au début, il m'a ignorée. Puis, après avoir dit à ma mère que je me comportais bizarrement, ils m'ont fait voir une psy. C'était le pire. Ils pensaient que j'étais folle, que j'avais des délires. Heureusement, la psy était vraiment bonne, et elle les a convaincus qu'à part cette histoire de fraude, j'étais parfaitement équilibrée et saine d'esprit, a-t-elle expliqué.

Ma main était sur ma bouche, les yeux écarquillés d'horreur. C'était le cauchemar ultime, que tes parents pensent que tu es folle. J'ai pris sa main en signe de compassion et j'ai soupiré de soulagement quand elle a dit que la psy avait été de son côté.

— C'est à ce moment qu'il a commencé à m'interroger sur les détails. Il était impossible que je puisse connaître l'opportunité qui allait lui être présentée. Ça n'avait pas été dans les journaux, et il n'en avait pas parlé avec maman, donc ce n'était pas le résultat d'une conversation surprise. Finalement, il m'a dit de lui laisser gérer cette affaire et qu'il allait arranger les choses. Je n'avais plus à m'inquiéter, a-t-elle continué.

Elle marqua une pause, le regarde perdu dans le vide comme si elle revivait ces instants, puis poursuivit:

— J'étais encore un peu inquiète, surtout quand lui et maman ont annoncé notre voyage familial à Cozumel. Quand je l'ai coincé à ce sujet, il m'a dit que lui et maman le planifiaient depuis janvier parce qu'il avait reçu une énorme prime à la fin de l'année. Je me suis un peu détendue. Encore plus quand, dans un murmure, il a ajouté qu'il valait mieux qu'il soit hors du pays quand les arrestations auraient lieu, a-t-elle dit.

J'ai hoché la tête.

D'après mes souvenirs, cependant, cela avait conduit à une arrivée plutôt stressante à l'aéroport de Montréal, et je le lui ai dit.

Elle a souri et tendu sa main. Je l'ai regardée de travers, hésitante. Je n'avais pas apprécié mon voyage la dernière fois. Fatiguée d'attendre, elle a pris ma main d'elle-même.

J'avais oublié à quel point j'avais apprécié le voyage au Mexique avant l'épreuve qui en avait résulté. C'était encore mieux la deuxième fois. Maman et papa étaient encore plus détendus, et ce fut une semaine incroyable.

À notre retour, aucun agent ne nous a agressés. Nous avons chargé la voiture, nous sommes arrêtés pour dîner en chemin et sommes rentrés à Cowansville vers vingt heures. Après avoir déchargé la voiture, papa est ressorti faire les courses. Maman nous a fait vider et ranger nos valises et elle avait déjà lancé une machine à laver avant le retour de papa. Elle détestait avoir des affaires qui traînent. Puis elle s'est mise à préparer une fournée de muffins pour le lendemain matin. Penny et moi avions une journée pédagogique le lundi, mais c'était la reprise du travail pour maman et papa.

Le reste du mois a été radicalement différent. Pendant notre absence, des arrestations avaient eu lieu et le bureau avait été fermé pour la semaine. Tôt lundi matin, le patron de papa l'a appelé pour lui demander de venir au bureau répondre à quelques questions de routine afin qu'ils puissent reprendre leurs activités. Papa a dit la vérité, omettant mes informations privilégiées, et a été disculpé de toute implication.

Au lieu de rendre visite à papa en prison chaque week-end, nous avions un emploi du temps familial standard. Maman et papa avaient leur soirée en amoureux le vendredi soir et Nana venait nous voir quand elle n'était pas en voyage quelque part. Le samedi, Penny avait des cours de natation le matin, et nous jouions à des jeux de société en famille le soir. Le dimanche, maman et papa prenaient souvent un brunch avec des amis avant de se rendre à l'épicerie pour les provisions de la semaine.

La vie d'Avril s'était grandement améliorée, mais je n'échangerais toujours pas ma place avec la sienne.

Si ça n'avait tenu qu'à moi, j'aurais passé plus de temps avec Penny. C'était une si chouette petite sœur. Entre l'équipe de débat, les devoirs et le temps passé avec Sam, je la voyais à peine pendant la semaine. Je pourrais toujours demander des visites de suivi.

J'étais un peu partagée au sujet de papa, cependant. Comme je n'avais pas grandi avec lui, il ne me manquait pas. Bizarrement, je regrettais plus l'absence de Gary que celle de papa. Bien que je me sente quelque peu déloyale en l'admettant, même à moi-même, la vérité était que Gary convenait mieux à maman. Dans toutes les vies où je l'avais vu, elle était plus heureuse, plus détendue. Avec papa, elle était plus dure, plus déterminée dans sa carrière, et concentrée sur les choses matérielles. Gary rendait maman amusante !

Entre-temps, j'ai pu bien observer la relation entre Avril et Sam. Il y avait des différences subtiles qui n'étaient pas dues au fait que Sam et moi commencions seulement à explorer nos sentiments l'un pour l'autre.

Comme Avril était si motivée à l'école et avait un chemin clairement tracé pour son avenir, qui coïncidait avec les projets de Sam, ils formaient plus un couple de pouvoir qu'autre chose. C'était comme s'ils avaient décidé qu'ils étaient plus forts ensemble et avaient fait un pacte pour s'aider mutuellement à atteindre leurs objectifs individuels et communs. Ils avaient défini un parcours très précis pour leur vie, convaincus qu'ils étaient engagés pour le long terme.

Qui décide de se marier à quinze ans ? Ils avaient tout planifié : finir le lycée, se marier, déménager en ville, aller à la faculté de droit, passer leurs étés en stage dans les meilleures firmes de Montréal, Toronto et Vancouver, passer le barreau, rejoindre des cabinets d'élite, acheter une maison, avoir deux enfants.

Ça me donnait la chair de poule rien que d'y penser à ce plan sur dix ans. Je venais à peine de découvrir que j'avais un talent avec les mots et que je pourrais peut-être devenir écrivaine. Clairement, Avril allait utiliser ces mots pour rédiger des mémoires juridiques. Mais qui étais-je pour juger, finalement ? Elle et Sam semblaient contents. Je me demandais juste ce que cela signifiait pour ma relation avec mon Sam.

Serait-ce comme papa et Gary pour maman ? Sortir avec moi changerait-il le présent de Sam ? Son avenir ? Pour le meilleur ou pour le pire ?

Mon Sam n'était pas aussi motivé qu'il l'était dans cette réalité. Ou peut-être que je ne le connaissais pas assez intimement. Je pouvais voir comment Sam et moi ferions une super équipe ; nous étions de super amis et de super partenaires d'étude. Mais j'espérais que l'amitié serait la base de toute relation que nous pourrions développer. Je voulais que nous nous aidions mutuellement à grandir et, bien sûr, je voulais que Sam atteigne ses objectifs et je l'aiderais de toutes les façons possibles.

CHAPITRE VINGT-NEUF

Mais, pour moi, une relation amoureuse était censée être, eh bien, romantique.

Bien que je ne sois pas prête pour les hormones déchaînées et le niveau d'intimité physique que je voyais chez les couples autour de moi, j'espérais plus d'intimité émotionnelle. J'étais prête à avoir un meilleur ami, sans laisser tomber Mel et Julie.

Non, je ne voulais pas de la vie d'Avril, mais j'étais heureuse que ça ait marché pour elle. Et j'étais heureuse d'avoir visité les deux versions. C'était une occasion en or pour déterminer ce que je ne voulais pas, ce qui était un pas de plus vers la découverte de ce que je voulais.

CHAPITRE TRENTE

Avec le temps plus doux, ce n'était pas surprenant que les élèves se précipitent dehors à l'heure du déjeuner. Pendant notre balade d'hier, le groupe avait décidé de se retrouver à notre endroit habituel. Cependant, quand j'y suis arrivée, la seule personne assise à table était Sam. J'ai essayé de me rappeler qu'il n'y avait aucune raison pour que ce soit gênant.

— Salut ! Les autres sont en retard ? ai-je demandé en m'asseyant en face de lui.

Il a froncé les sourcils face à ce changement de routine. Normalement, je m'asseyais à côté de Sam, mais si personne d'autre ne venait, ça paraîtrait bizarre.

— Mel avait une répétition de dernière minute pour la pièce de théâtre et la mère de Julie est venue la chercher quelques minutes avant la sonnerie. Il semble qu'il y ait eu une annulation chez l'orthodontiste qu'elle essayait de consulter depuis un moment, a-t-il dit.

J'ai vérifié mon téléphone pour voir si Mel et Julie m'avaient envoyé un message, mais il n'y avait rien.

— Comment tu sais tout ça ? Elles ne l'ont pas mis dans le groupe, ai-je répondu en faisant la moue.

Il a ri et a commencé à déballer son déjeuner.

— J'ai vu Mel en venant ici, et elle m'a parlé de Julie parce qu'elles étaient toutes les deux en cours de français avant le déjeuner, a-t-il expliqué.

J'ai sorti mon propre déjeuner et j'ai commencé à manger. Il n'y avait pas eu assez de temps ni de restes pour préparer un déjeuner qui ferait des envieux. J'avais préparé une salade ce matin dans laquelle j'avais ajouté des morceaux de saumon de la veille, et j'avais pris une coupe de fruits pour le dessert.

Sam me regardait fixement.

— Tu as préparé ton déjeuner toi-même ? a-t-il demandé.

— Oui... ai-je répondu, mon sourcil droit se levant en signe d'interrogation.

— Ta mère est en voyage ? a-t-il demandé en enfournant un morceau de sandwich à la salade de poulet qu'il avait encore une fois récupéré dans le distributeur automatique.

— Non, pourquoi ? Tu voulais organiser une fête d'ados complètement hors de contrôle ? ai-je raillé.

Il a éclaté de rire.

— Non, idiote. C'est juste que je ne t'ai jamais vue avec un déjeuner aussi triste, a-t-il répondu.

— Je te ferai savoir que c'est un déjeuner parfaitement nutritif. Il contient tous les groupes alimentaires, il est pauvre en glucides, riche en protéines et en oméga trois, ai-je répondu d'un ton vexé.

Il a tendu les mains en signe d'apaisement.

— Bien sûr. Je suis désolé. Je ne jugeais pas. Je voulais juste dire que ça donnait l'impression que ta mère t'avait abandonnée, c'est tout, a-t-il dit avec une expression peinée.

Je suppose que nous n'étions pas habitués à passer du temps seuls sans les devoirs comme tampon. Il venait de me donner une ouverture, et je m'y suis accrochée.

— C'est parce qu'elle sort avec ce nouveau mec, Gary, ai-je dit, et nous avons passé les trente minutes suivantes à décortiquer cette nouvelle information.

Finalement, quelques minutes avant la sonnerie, alors que nous retournions vers les portes principales, Sam m'a demandé négligemment si je voulais venir le voir nager à la compétition à Sherbrooke samedi après-midi.

— Je partirai tôt le matin en bus avec l'équipe, mais ma famille viendra en voiture après le déjeuner pour regarder les finales. J'ai une place garantie dans le relais, et je pourrais aussi nager dans une autre épreuve, a-t-il ajouté.

— Oui, bien sûr. Mel et Julie viennent aussi ? ai-je demandé innocemment.

— Avec mon frère dans la voiture, il n'y a de la place que pour une personne supplémentaire, et ma mère a suggéré que je t'invite, a-t-il dit, regardant droit devant lui et faisant comme si c'était une chose tout à fait normale.

Il était clairement nerveux à ce sujet et j'avais vraiment envie de le voir nager dans une course. Je ne l'avais jamais vu participer à une compétition ailleurs qu'à Cowansville. J'ai essayé de me rappeler ce que Septembre avait dit. Je n'avais pas besoin de trop réfléchir.

— Oui, bien sûr. Ça a l'air vraiment amusant. Je dois juste en parler à ma mère, mais comme j'irais avec tes parents, je suis sûre qu'elle dira oui. Merci de me proposer ! ai-je répondu en fermant la bouche avant de commencer à babiller.

Heureusement, la cloche a sonné, et il s'est précipité vers la piscine pour arriver à l'heure avec un « à plus tard ! » tandis que je me dirigeais vers mon cours de sciences.

J'étais dans le bus quand je l'ai entendue pour la première fois. Comme j'avais mes écouteurs, je les ai enlevés et j'ai regardé autour de moi, pensant que quelqu'un dans le bus me parlait. Quand l'appel est revenu, je les ai remis et j'ai essayé de mon mieux de parler dans ma tête sans avoir l'air d'une idiote.

Je n'avais pas encore maîtrisé cette compétence. Je préférais généralement parler à voix haute comme s'il y avait vraiment quelqu'un avec moi. Mais ce n'était pas une option à ce moment précis. Alors, dans mon esprit, j'ai dit :

« Je suis dans le bus, puis-je te rappeler dans environ cinq minutes ? »

Elle a répondu que ce n'était pas un problème et avant qu'elle ne se déconnecte, j'ai demandé qui j'étais censée « rappeler ». C'était Mai. Pandémie Girl. Intéressant.

Quand je suis rentrée à la maison, Maman était là. Je lui ai fait un câlin, j'ai pris une pomme et je lui ai dit que j'allais faire une petite promenade. Je me dirigerais vers les bois. Même si je parlais à voix haute en chemin, les gens penseraient que je discutais via Bluetooth.

— Salut, Mai. Quoi de neuf ? ai-je demandé.

— Salut, Mars. Tu as le temps de discuter ? a-t-elle demandé.

— Je me dirige vers le site du Château, physiquement je veux dire. Je peux te retrouver à l'intérieur dès que je pourrai m'asseoir quelque part en sécurité, ai-je répondu.

— J'y suis déjà ! Tu connais ce petit sentier derrière la grille, il monte jusqu'à un monticule. Je suis assise là. Presque personne ne passe par ici. S'ils le font, j'ai juste l'air de méditer.

— Ça semble parfait. Je ferai pareil, ai-je dit en accélérant le pas.

Quand je suis arrivée, je regardais l'endroit où devait se trouver le Château. J'aurais aimé que ce soit un vrai château. La vue du lac ici était un peu obstruée par les arbres, mais similaire à la vue depuis l'un des créneaux du Château. J'ai trouvé un tronc et je me suis assise. En vidant mon esprit, je m'y suis instantanément retrouvée.

Elle était assise près de la fenêtre, regardant dehors quand je suis entrée. Je me suis approchée pour regarder par la fenêtre. Je n'avais jamais pris le temps de voir quelle était la vue. Elle faisait face à l'est. D'ici, on pouvait voir quelques dépendances nichées entre les grands arbres.

— Il y a des chevaux dans l'écurie, a dit Mai d'une voix rêveuse.

— Vraiment ? On peut aller les voir ? ai-je demandé avec enthousiasme.

— Je ne vois pas pourquoi on ne le ferais pas, a-t-elle répondu en se levant du siège près de la fenêtre.

Aucune de nous ne savait s'il y avait des portes extérieures dans la partie est du Château. Nous savions qu'il y avait une porte menant à la cour et nous pensions que si nous n'en trouvions pas d'autre, nous sortirions par là.

Il y avait une porte, à seulement quelques portes de la salle jaune. La configuration était identique à celle du côté ouest du Château par lequel j'étais entrée depuis la cour. La porte extérieure devait être utilisée par le personnel de service car on y accédait en descendant un demi-escalier.

Nous nous sommes dirigées vers le plus grand des bâtiments. Il était plus bas que le Château, peut-être seulement deux étages. Il était aussi large qu'une rue et devait faire au moins un demi-kilomètre de long, mais de l'extérieur, il ressemblait exactement au Château. J'avais vu des bâtiments comme celui-ci dans des magazines. Je crois qu'ils ont commencé à convertir les écuries de châteaux en appartements à un moment donné.

Ces écuries étaient remplies de chevaux et des accessoires habituels d'écurie. Et il y avait pas mal de gens qui y travaillaient. Non, pas des gens, des versions de moi ! Ça me dépassait encore que tout le monde au Château soit une version de moi.

— J'aimerais pouvoir vivre ici, a dit Mai alors que nous trouvions notre chemin vers les boxes d'écurie.

Aucune de nous ne connaissait quoi que ce soit sur les chevaux, donc nous sommes restées à une distance de sécurité.

— Moi aussi ! Je me demande s'il y a des chambres, et si quelqu'un prépare de la nourriture depuis les cuisines, ai-je répondu.

— Je pense que certaines d'entre nous vivent ici, bien que je ne sois pas sûre de comment ça fonctionne. Tu crois qu'on doit mourir dans notre réalité pour s'installer ici de façon permanente ? a-t-elle demandé.

— Peut-être que c'est notre version du Paradis, ai-je dit et nous avons toutes deux acquiescé.

Les chevaux étaient beaux, mais ils sentaient aussi fort. Sans en discuter, nous sommes ressorties et avons suivi un chemin d'herbe usée qui menait à un grand enclos où l'on pouvait voir d'autres chevaux paître et se détendre.

Nous avons posé nos bras sur la clôture et les avons regardés. Je me suis dit que Mai me dirait ce qu'elle avait en tête quand elle serait prête. Je n'étais pas pressée. Cet endroit était incroyable et, comme le temps ne passait pas ici comme à la maison, je n'avais nulle part de mieux à être pour le moment.

— Donc, c'est la mi-juin pour moi, comme c'est la mi-avril pour toi, a-t-elle commencé.

J'ai hoché la tête mais n'ai rien dit.

— Ça va paraître tellement stupide, mais je crois que je veux fusionner les réalités avec toi, a-t-elle dit et a attendu que je réponde.

Mon cœur a eu un petit sursaut. Ma réaction instinctive était négative. Je ne voulais pas partager ma vie, mon corps, avec elle. Ce serait bizarre, intrusif. Puis je me suis souvenue qu'elle était moi. Que sa réalité était presque identique à la mienne à tous égards, excepté la pandémie qui sévissait dans la sienne. Bien sûr qu'elle voulait en sortir. Elle avait probablement attendu que la crise d'Avril soit terminée avant d'aborder le sujet.

— Ce n'est pas stupide. Ce qui est stupide, c'est que je me demandais si ta vie était meilleure que la mienne après avoir passé du temps là-bas, ai-je dit en riant.

Son expression choquée était inestimable.

— Je m'en suis remise très vite quand j'ai réalisé que je pouvais manifester les bonnes parties de ta vie dans la mienne sans avoir à endurer les difficultés, ai-je rapidement ajouté.

— Ne te méprends pas, j'adore ma vie. Mais il y a eu quelques développements qui font maintenant pencher la balance et me donnent envie de faire un changement, a-t-elle dit.

Puis ça m'a frappée. C'était à propos de Sam ! Elle avait deux mois d'avance sur moi. Elle était probablement allée à la compétition de natation. Mais non, il n'y avait pas de compétitions dans sa réalité. L'équipe de natation espérait reprendre ses activités avec les mesures de sécurité d'avril, mais il n'y avait pas eu de garanties. Peut-être que ce n'était pas à propos de Sam.

— C'est à propos de Maman ? ai-je demandé, inquiète.

— Pas entièrement. Elle a commencé à voir Gary il y a quelques mois. Ç'a été un peu un défi puisqu'ils doivent rester à deux mètres l'un de l'autre, mais je pense qu'ils se sont rapprochés d'autres façons. Prenant leur temps pour apprendre à se connaître, a-t-elle dit.

— Ouais, Maman va avoir son troisième rendez-vous avec lui dans ma réalité. Je suis très excitée, ai-je répondu.

Elle a acquiescé en signe d'accord.

— J'ai eu une expérience similaire avec Sam..., a-t-elle dit en laissant sa phrase en suspens.

J'ai souri et l'ai poussée légèrement avec mon épaule.

— Continue, l'ai-je encouragée.

— L'équipe de natation n'a toujours pas été autorisée à reprendre ses activités, donc Sam a beaucoup de temps libre. Il a un programme d'entraînement qui comprend la course et des exercices de résistance au poids du corps, mais ça ne dure qu'environ une heure par jour. Comme il habite le plus près de chez nous, lui et moi avons passé plus de temps ensemble, faisant des promenades, des sorties à vélo, ce genre de choses, a-t-elle expliqué.

— Et maintenant vous sortez un peu ensemble mais vous ne pouvez pas passer à l'étape suivante ? ai-je demandé, voyant où elle voulait en venir. Elle a rougi et a donné des coups de pied dans quelques cailloux avec ses chaussures, les fixant avec grand intérêt.

Finalement, elle a dit :

— Ce n'est pas ce que tu penses !

J'ai ri et l'ai poussée à nouveau.

— Tu oublies que nous sommes fondamentalement la même personne. Il n'y a aucune chance que je sois prête pour autre chose que de se tenir la main, des câlins, et peut-être un premier baiser plus tard, ai-je dit, la taquinant avant d'ajouter: je comprends.

Elle a soufflé un soupir de soulagement et s'est affaissée contre moi. J'ai mis mon bras autour d'elle et reposé ma tête sur la sienne, consciente que je donnais un nouveau nom à l'auto-apaisement.

CHAPITRE
TRENTE ET UN

Ce soir-là, pendant que Mai effectuait les visites mémorielles obligatoires, j'avais demandé un entretien avec la Professeure.

— Qu'est-ce que ça va faire comme sensation ? ai-je demandé à propos de la possible fusion.

— Tu ne ressentira rien de particulier. Une fois la cérémonie terminée, la conscience de Mai fusionnera avec la tienne et quand tu te réveilleras le lendemain, tu te sentiras comme toi-même. Dorénavant, tu pourrais faire des choix légèrement différents parce que tu auras une perspective supplémentaire, mais tu n'en auras pas conscience comme étant différente de la tienne, a-t-elle expliqué.

— Mais qu'advient-il de la réalité de Mai ? ai-je demandé.

— Sa réalité continuera comme avant. Elle continuera à faire partie du groupe en tant que Mai, a répondu la Professeure en sirotant le thé que j'avais refusé.

— Mais cela ne sera-t-il pas bizarre ? ai-je demandé.

— Pour qui ? a demandé la Professeure, la tête penchée sur le côté. Bonne question.

— Pour moi, pour Mai, pour tout le monde, en fait, ai-je tenté.

— Oh, oui. Je vois. Je suis désolée, je pensais que vous aviez compris qu'une fois la fusion complétée, aucun de vous ne se souviendra de comment les choses étaient avant, a-t-elle dit.

Ah, un détail important.

— D'accord, donc si et quand nous ferons cela, la conscience de Mai fusionnera avec la mienne pendant notre sommeil. Quand je me réveillerai, je ne verrai pas de différence et je ne me souviendrai pas de la fusion. Quand elle se réveillera, elle sera dans ma vie en tant que moi, et ne se souviendra pas de son ancienne réalité. Est-ce que j'ai bien compris ? ai-je demandé en me massant les muscles au-dessus des sourcils.

— Oui, s'est-elle exclamée.

— Donc, il n'y a vraiment aucun inconvénient à cela, ai-je conclu.

— Aucun. Et à mesure que vous vous habituerez au processus et maintiendrez une vibration élevée, vous verrez que cela deviendra régulier et plus rapide. Au lieu de travailler laborieusement sur des manifestations individuelles dans votre propre réalité, vous découvrirez que beaucoup de vos désirs sont déjà regroupés dans une autre réalité. C'est bien plus simple de sauter dans une nouvelle réalité, ne trouves-tu pas ? a-t-elle demandé.

J'ai acquiescé. Cela me semblait toujours être un raccourci, mais c'est pourquoi j'étais ici. Pour réaliser que la vie n'était pas censée être si difficile et qu'avec un peu d'aide, je pourrais littéralement avoir, être ou faire tout ce que je voulais.

Au même moment, nos têtes se sont relevées. On nous appelait dans la salle de cérémonie. Déjà ? Elle avait raison, c'était un processus beaucoup plus rapide une fois que tout le monde dans le groupe avait accès à ses souvenirs.

La Professeure et moi nous sommes matérialisées dans la salle où les autres étaient rassemblés à leurs places respectives. Je suis allée me placer sous mon portrait, l'examinant attentivement au cas où Septembre y aurait ajouté de nouveaux indices sur ma vie future. Il n'avait pas changé et je lui ai fait un clin d'œil avant de me tourner vers l'avant.

Mai s'est avancée dans le cercle et a exprimé son intention.

Personne ne s'y est opposé, et c'était fait. Aussi simple que cela. Je voulais rester et parler à la Guide, mais dès que Mai est retournée à son portrait, j'ai perdu connaissance.

CHAPITRE
TRENTE-DEUX

Le reste de la semaine fut sans histoire. Non seulement maman avait accepté que j'aille à la compétition de natation avec les parents de Sam, mais elle était aussi ravie que j'aie quelque chose à faire pendant qu'elle sortirait avec Gary.

Gary est venu la chercher samedi matin vers neuf heures. Puisque le secret était dévoilé, elle me l'a brièvement présenté quand il est arrivé à la porte, puis m'a fait un rapide câlin et m'a dit de passer un bon moment.

— Toi aussi ! ai-je dit en les saluant depuis le porche.

Je mourais d'envie de serrer Gary dans mes bras, mais ça aurait été bizarre. Je devais juste prendre mon mal en patience.

J'ai passé la matinée à réviser pour mes prochains examens de maths et de sciences. Je me demandais si les profs avaient planifié de nous donner des contrôles et des devoirs tous dans la même semaine. Nous avions commencé un nouveau roman en anglais et un autre en français. Les deux avaient des questions par chapitre à rendre lundi.

Je suis sortie sur la terrasse pour manger mon déjeuner et lire quelques pages du livre français. Ce n'était pas mal. C'était le premier roman d'une trilogie sur les fourmis. *Vraiment ?* Après quelques chapitres, je me suis demandé si cela aurait pu être l'inspiration de ce film d'animation appelé *Fourmiz*. Après quelques recherches sur internet, j'ai découvert que non, mais j'ai quand même décidé que je regarderais bientôt le film.

Après le déjeuner, j'ai rassemblé mes affaires et j'ai attendu les parents de Sam. Sa mère avait appelé pour dire qu'ils viendraient me chercher vers treize heures. À la dernière minute, j'ai attrapé mon roman français et l'ai ajouté à mon sac. S'il y avait du temps à tuer, je serais contente de l'avoir avec moi.

La course de relais de Sam était prévue pour quinze heures. Nous sommes arrivés avec environ quinze minutes d'avance et avons eu le temps de trouver un bon endroit pour regarder. C'était une compétition régionale et il y avait beaucoup de spectateurs. Le niveau sonore était très élevé, et j'ai pensé à mettre mes écouteurs juste pour noyer le chaos. Mais la mère de Sam n'arrêtait pas de me parler des autres nageurs et des autres équipes et ça aurait été impoli.

Finalement, ils ont appelé les équipes pour la course de relais de quatre cents mètres. Sam faisait cent mètres papillon. La course a été serrée et ils ont terminé deuxièmes. L'équipe et l'entraîneur semblaient satisfaits.

Nous avons vérifié le tableau et vu qu'ils participeraient ensuite à deux des courses finales. Sam a eu tout juste quinze minutes pour reprendre son souffle avant d'être appelé pour la course de cinquante mètres nage libre. Il a totalement assuré et a remporté la course. Je hurlais et sautais avec sa famille, agitant les bras comme une folle pour qu'il sache où nous étions, au cas improbable où il ne nous entendrait pas.

Avec un énorme sourire, il nous a fait signe et a indiqué l'endroit où l'on remettait les médailles et les trophées de la journée. J'ai pris presque autant de photos que sa mère avec mon téléphone. J'étais si fière de lui que j'aurais pu exploser.

Nous l'avons attendu dans le hall d'entrée. Après environ trente minutes, Sam est apparu, deux médailles autour du cou. La médaille d'or pour la nage libre et une médaille de bronze pour le relais. Nous avons dûment applaudi notre intrépide vainqueur.

Ses parents nous ont emmenés dîner à Sherbrooke pour célébrer.

Sam voulait des glucides, alors nous sommes allés dans cette chaîne italienne qui avait un bar à pain. Je n'y étais pas allée depuis des années et j'étais heureuse de voir qu'ils avaient toujours le beurre à l'estragon que j'aimais tant. Je devais faire attention à laisser de la place pour les lasagnes que j'avais commandées. Finalement, je n'ai pas eu à m'inquiéter car Sam a fini les assiettes de tout le monde.

Bien que j'aie souvent dîné chez Sam au fil des ans, je n'étais jamais sortie avec eux. Ça aurait pu être gênant, mais ça ne l'a pas été. Personne dans sa famille n'a fait de remarques déplacées sur le fait qu'il s'agissait d'un rendez-vous ou quoi que ce soit, et son frère a été vraiment gentil. Je me sentais comme un membre de la famille et cela m'a aidée à envisager la possibilité que Sam et moi formions un couple.

Après le dessert, nous sommes rentrés à la maison. Il était plus de vingt et une heures quand nous sommes arrivés et, là encore, il n'y a pas eu de malaise. J'ai remercié les parents de Sam, fait signe à Curtis, donné à Sam l'étreinte habituelle et lui ai dit que je lui enverrais un message le lendemain.

Maman était à la maison quand je suis entrée. Je lui avais envoyé un message avant que nous quittions le restaurant pour qu'elle ne s'inquiète pas, mais elle a dit qu'elle venait tout juste de rentrer elle-même. Elle portait son peignoir et s'apprêtait à prendre une douche. Je lui ai dit d'y aller et que nous pourrions discuter quand elle aurait fini.

Pendant que j'attendais, j'ai regardé les photos que j'avais prises des courses de Sam. J'ai choisi mes préférées et les lui ai envoyées. Il m'a remerciée pour les photos et d'être venue à la course. Je lui ai dit que j'avais passé un excellent moment et de remercier encore ses parents pour moi. Mon téléphone a sonné à ce moment-là. C'était Sam.

— Hé, qu'est-ce qu'il y a ? ai-je demandé.

— Je voulais juste te dire à quel point ça comptait pour moi que tu sois là aujourd'hui, a-t-il dit.

— Tu l'as déjà fait, idiot, ai-je répondu en riant, mais je me suis arrêtée quand j'ai remarqué qu'il ne riait pas.

Il y a eu un silence, puis deux. J'ai attendu.

— Alors, tu veux venir chez moi demain, pour réviser le test de maths ? a-t-il demandé avec hésitation.

Nous révisions très efficacement par visioconférence, mais je n'ai pas fait remarquer cela. Au lieu de ça, j'ai proposé :

— Et si tu venais ici ? Ma mère pensera que c'est trop imposer de passer deux jours de suite avec ta famille.

— Oui, bien sûr. À quelle heure ? a-t-il demandé.

Je voulais vérifier avec maman alors je lui ai dit que je lui enverrais l'heure par texto avant d'aller me coucher.

— Bonne nuit, Clare, a-t-il dit au téléphone.

— Bonne nuit, Sam, ai-je répondu.

C'était la première chose bizarre que nous nous étions dite jusqu'à présent. Jusqu'à maintenant, nous avions été de simples amis. Nous ne nous serions pas appelés, et nous n'aurions pas dit bonne nuit. Je me sentais un peu étourdie.

Maman était dans la cuisine en train de préparer du thé quand j'ai terminé avec Sam. Elle m'a demandé comment s'était passée la course et je lui ai parlé du dîner et de mes projets d'étudier avec Sam le lendemain. Je pouvais dire qu'elle mourait d'envie de commenter le changement dans notre relation. Mais l'ampleur du sourire que j'arborais encore a dû lui faire changer d'avis.

— Dis-lui de venir vers quatorze heures, comme ça il pourra rester pour le dîner, a-t-elle dit.

— Merci de ne pas être bizarre à ce sujet, maman, ai-je dit en lui faisant un rapide câlin.

J'ai habilement ramené la conversation sur elle, avant qu'elle ne puisse me taquiner:

— Alors, comment s'est passé ton rendez-vous avec Gary ? Ça ne peut pas avoir été un rendez-vous très romantique si vous avez dîné dans vos vêtements de randonnée, tout sales et plein de sueur, ai-je dit avec un sourire.

— Je pense que *ce* rendez-vous sera le prochain, a-t-elle dit, sur le ton de la plaisanterie avant de poursuivre:

— La randonnée était fantastique. Nous avons un rythme similaire et nous nous sommes tous les deux arrêtés beaucoup trop souvent pour prendre des photos. Nous avons dîné dans un pub sur le chemin du retour. Beaucoup de gens s'y arrêtent pour une bière et un morceau après avoir été dehors, nous nous y sommes bien intégrés, a-t-elle répondu.

— Donc, ça s'est bien passé si tu envisages le prochain rendez-vous, ai-je dit, assise au bord de mon siège, l'air beaucoup trop enthousiaste.

Elle ne semblait pas le remarquer, ou peut-être que ça lui était égal.

— Oui, ça s'est bien passé. Je l'aime bien. Il est facile de parler avec lui et il communique clairement. Je n'ai jamais à deviner ce qu'il veut dire. C'est le genre de personne avec qui tout le monde s'entend bien, a-t-elle dit un peu rêveusement.

Si j'espérais en tirer davantage d'elle, ce ne serait pas ce soir.

Elle a vérifié sa montre, s'est levée et m'a dit qu'il était temps d'aller au lit.

CHAPITRE
TRENTE-TROIS

Sam et moi passions de plus en plus de temps ensemble, mais nous n'avions pas encore révélé au reste de nos amis que nous devenions plus que des amis. Nous profitions de la vie dans notre petite bulle. Il y avait tant de choses que j'ignorais sur Sam. Comme le fait qu'il allait pêcher après l'école avec son grand-père et qu'à sa mort, il était si triste que ses parents l'avaient inscrit au programme de natation après l'école pour l'occuper.

Et j'avais d'une certaine façon manqué un million de petites nuances de son apparence. J'avais toujours su que Sam était beau, mais j'avais pris pour acquis ses cheveux sablonneux, son teint olivâtre et ses yeux bruns. Plus je le regardais, plus j'en découvrais. D'abord, sa couleur naturelle de cheveux était châtain, mais le contact constant avec le chlore les avait décolorés.

— J'aimerais laisser pousser mes cheveux jusqu'aux épaules, m'avait-il dit un jour, me prenant complètement par surprise.

Il m'expliqua qu'il les gardait courts pour faciliter le port du bonnet de bain. Comme il les coupait si régulièrement, ils n'étaient jamais rêches ou secs comme ceux des autres nageurs. J'adorais passer ma main dedans, sentir la forme de son crâne, la chaleur de sa tête.

Parfois, je laissais simplement ma main reposer sur le dessus en disant que j'absorbais son génie.

En réponse, Sam enroulait mes longues mèches blondes autour de son bras et les déroulait lentement pour admirer le tourbillon qu'il avait créé avant que mes cheveux ne reprennent leur parfaite ligne droite contre mon dos.

— Tu es comme une sirène, assise sur un rocher, m'appelant à nager vers le large, disait-il, me contemplant avec émerveillement.

Ses yeux n'étaient pas simplement bruns. Ils étaient parsemés de paillettes dorées et prenaient une teinte verdâtre quand il me regardait comme ça. C'était comme s'il laissait des étincelles dorées partout où son regard se posait.

— Je ne peux pas être une sirène, je ne nage pas assez bien. Mais j'ai des capacités magiques, ai-je répondu en racontant à Sam mes voyages au Château, mais je voyais bien que Sam ne me croyait pas entièrement.

Je veux dire, il croyait que j'en rêvais la nuit, mais pas la partie où je m'y rendais en journée ou celle où les autres communiquaient par télépathie. Il pensait que je devais m'assoupir ces autres fois. Comme quand je me détendais pendant le cours de yoga.

Quoi qu'il en soit, l'important était qu'il ne me prenait pas pour une folle et trouvait ça cool puisque ça m'aidait à mieux réussir à l'école et à moins m'inquiéter. Ça faisait du bien de parler et de nous ouvrir l'un à l'autre, discutant de nos secrets et désirs les plus profonds.

En mai, Mel a commencé des répétitions quotidiennes pendant le déjeuner et après l'école pour la pièce à venir. Julie a commencé à sortir avec James, un gars du programme de robotique. Ils sont immédiatement devenus inséparables et insupportables.

Pendant ce temps, je réussissais brillamment mes travaux scolaires et mes examens et, comme Sam et moi ne passions pas notre temps à nous bécoter, nous étudions beaucoup ensemble. Nous n'en étions pas encore arrivés au premier baiser, de toute façon. Avec les examens finaux qui approchaient, et notre hésitation à propos de ne pas vouloir gâcher notre amitié, nous prenions notre temps. Avec mon anniversaire qui arrivait en juin, nous avons décidé de nous dévoiler à nos amis avant ma fête.

Pour nous récompenser d'avoir réussi l'examen régional de mathématiques, Sam et moi sommes allés au cinéma un mardi après-midi pendant la première semaine d'examens. Aucun de nous n'avait d'examen le lendemain et nous pouvions nous permettre de nous détendre un peu.

Après le film, nous marchions main dans la main dans la rue principale quand nous avons croisé Mel et sa mère. Mel était une excellente actrice, mais le regard initial de choc, puis de colère, qu'elle a affiché était bien réel. Son regard était fixé sur nos mains jointes et sa chaleur donnait l'impression qu'elle y creusait un trou avec un laser. Instinctivement, j'ai lâché la main de Sam, mais il n'a fait que la serrer plus fermement.

— Bonjour, Madame Darby. Bonjour, Mel, a-t-il dit avec aisance, plaquant un sourire sur son beau visage.

Il m'a serré la main et j'ai fait de même.

Le visage de Mel s'est immédiatement transformé en une vision de joie et de bienveillance. Elle s'est précipitée vers nous et nous a donné une accolade commune, embrassant chacune de nos joues.

— Regardez-vous ! Je ne savais pas que vous sortiez ensemble ! s'est-elle exclamée comme si c'était la meilleure nouvelle de tous les temps.

Comme je l'ai dit, c'était une grande actrice.

Sa mère était mal à l'aise et a dit :

— C'est bon de vous voir Sam et Clare. J'espère que tout va bien pour vos parents ? a-t-elle demandé, souriant aussi sincèrement qu'elle le pouvait.

Nous avons tous les deux hoché la tête et répondu avec les platitudes habituelles.

— Bien, bien. Nous devons vraiment y aller, Mel a rendez-vous chez l'orthodontiste, a-t-elle dit en commençant à tirer Mel dans la rue.

Elle s'est retournée et nous a fait signe.

— À bientôt à l'école ! a-t-elle dit d'une voix enjouée, mais ses yeux nous écorchaient vifs.

CHAPITRE TRENTE-TROIS

Sur le chemin du retour, j'étais une boule de nerfs.

— Elle va le dire à Julie et puis nous aurons des problèmes. Nous n'aurions pas dû attendre si longtemps pour le leur dire. Je suis tellement idiote, ai-je dit, respirant à peine entre chaque phrase.

Sam a lâché ma main et a mis son bras autour de moi.

— Détends-toi, elles s'en remettront. Nous sommes amis depuis toujours, ça ne changera rien, a-t-il dit.

Je me suis appuyée contre lui mais je ne pouvais pas me débarrasser du sentiment de catastrophe imminente. Il était naïf. Cela allait tout changer.

Quand nous sommes arrivés chez moi, il m'a serrée fort et m'a dit de ne pas trop réfléchir à tout ça.

— Et n'essaie pas non plus de limiter les dégâts. Laisse les choses se dérouler. Laisse Mel le dire à Julie et exprimer ses sentiments. Laisse-la gérer la réaction de Julie. Comme ça, nous pourrons nous occuper d'elles deux, ensemble, une fois que l'essentiel de leur colère sera passé, a-t-il dit, agitant un doigt en guise d'avertissement avant de commencer à s'éloigner.

Il m'a envoyé un baiser et a fait un geste de « appelle-moi plus tard ». J'ai attrapé le baiser et l'ai tenu contre ma poitrine en le regardant descendre la rue.

Je suis entrée et j'ai répondu au message automatique d'absence que l'école avait envoyé quand nous ne nous sommes pas présentés pour les périodes d'étude de l'après-midi. Maman n'avait aucun problème à ce que j'étudie à la maison et cela lui éviterait la corvée de laisser un message sur le répondeur de l'école.

Cette corvée terminée, j'ai commencé à préparer le dîner tout en me tracassant au sujet de la situation. Une fois la salade prête et le rôti de porc farci que maman avait préparé dans le four, j'ai essayé de me concentrer sur mes notes de sciences. J'avais une envie folle de faire exactement ce que Sam m'avait déconseillé. Avec le four en marche, je ne pouvais pas aller me promener. Je devais arranger ça. Je devais faire quelque chose.

J'ai alors pensé à appeler l'une des filles. Laquelle ? Avril semblait être la meilleure option, car elle avait peut-être dû faire face à une situation similaire, bien qu'elle n'ait pas les mêmes amies. Janvier était la plus optimiste et Décembre était la plus zen. J'ai choisi Avril, mais je n'ai pas pu la joindre. J'ai essayé les deux autres et n'ai reçu aucune réponse. J'ai soupiré de frustration.

Je suis allée m'allonger sur mon lit, j'ai vidé mon esprit du mieux que je pouvais, et j'ai essayé d'aller au Château. Pourquoi est-ce que ça ne marchait pas ? Au son de la minuterie du four, j'ai abandonné et suis allée l'éteindre. Ça me tapait sur les nerfs. En sortant le porc du four, l'alarme incendie s'est mise à hurler et tout ce que je pouvais faire était de lui crier de se taire. C'est à ce moment-là que maman est entrée.

— Ça va, ma chérie ? a-t-elle demandé alors que je commençais à pleurer.

Elle s'est précipitée, tiraillée entre m'étreindre et faire taire le rappel tonitruant qu'elle devait nettoyer le four.

Elle a choisi judicieusement, agitant le carton en l'air pendant que j'ouvrais légèrement la fenêtre.

— Que s'est-il passé ? Tu t'es disputée avec Sam ? a-t-elle dit, me caressant le dos de façon apaisante.

À travers reniflements et sanglots, je lui ai raconté ce qui s'était passé. Elle a pris un mouchoir dans la boîte près de son bureau et me l'a donné. Elle a écarté les cheveux de mon visage pour qu'ils ne se prennent pas dans ma morve.

— Oh ma chérie, tu en fais beaucoup trop. Pendant un instant, j'ai cru que tu avais raté ton examen de maths, a-t-elle dit en essayant de ne pas sourire.

Elle est allée au réfrigérateur pour se verser un verre de rosé. Elle a enlevé sa veste de tailleur et m'a demandé si je voulais manger à l'intérieur ou à l'extérieur. J'ai préféré manger à l'intérieur car la chaleur de juin avait attiré les habituelles bestioles piquantes.

Nous avons mis la table et commencé à manger. Bien que nous ayons des muffins parfaitement sains pour le dessert, maman m'a demandé si je voulais marcher jusqu'au glacier après le dîner. C'était un moyen infaillible d'améliorer instantanément mon humeur.

En chemin, je lui ai dit ce que Sam avait dit et elle a été d'accord avec son sage conseil.

— As-tu une raison de croire que Julie ou Mel ont des sentiments secrets pour toi ou Sam ? a-t-elle demandé pendant que nous attendions notre commande.

Maman avait choisi un yaourt glacé à l'amaretto tandis que j'avais demandé un cornet torsadé chocolat-vanille trempé dans du chocolat et des noix.

J'ai réfléchi à sa question. Julie sortait toujours avec James et, à en juger par leurs séances de bécotage torrides près de son casier, je dirais qu'il était certain que Julie n'avait aucune vue sur l'un de nous. Quant à Mel, elle semblait vraiment en colère. Il n'y avait rien dans son comportement envers moi qui me laisserait croire qu'elle avait le béguin pour moi. Et je n'avais jamais rien remarqué envers Sam non plus, bien qu'il soit possible qu'elle se comporte différemment quand elle était seule avec lui.

— Je ne pense pas, ai-je répondu, pas sûre à cent pour cent.

— Eh bien, alors c'est un abus de confiance. Personne n'aime être le dernier à savoir quelque chose. Le fait que vous paradiez en ville lui a probablement donné l'impression que vous étiez prêts à ce que tout le monde le sache, sauf elle, a dit maman, récupérant notre dessert.

Comme nous avions des choses à faire, nous avons décidé de manger en marchant.

— Nous ne paradions pas en ville, maman ! Nous nous tenions juste la main ! me suis-je exclamée avec indignation.

— Je sais, je sais. Mais tu comprends ce que je veux dire, a-t-elle répondu.

J'ai hoché la tête et nous avons marché en silence, savourant nos friandises. J'ai soupiré de contentement et j'ai donné un coup d'épaule à maman.

— Merci, maman, ai-je dit.

Elle a embrassé ma tempe et a répondu :

— Quand tu veux, ma petite fille.

CHAPITRE
TRENTE-QUATRE

Cette nuit-là, j'ai enfin réussi à me rendre au Château. La salle jaune était vide, alors je me suis dirigée vers l'ascenseur qui devait me conduire au bureau de la Professeure. J'aurais pu essayer de l'appeler, mais j'étais encore pleine d'énergie nerveuse. J'avais suivi les conseils de maman et de Sam en résistant à l'envie de contacter Mel et Julie. En fait, j'avais utilisé le téléphone fixe pour appeler Sam avant de me coucher et je n'avais pas du tout utilisé mon portable ou ma tablette pour m'assurer de respecter ma propre résolution.

En chemin, j'ai croisé une Guide. Impossible de savoir si c'était la même guide qui avait présidé nos deux dernières cérémonies. Elle portait la même longue robe rose pâle attachée par une ceinture magenta. Et, bien sûr, elle ressemblait à une version plus âgée de moi-même. Je lui donnais un peu plus de cinquante ans. Elle avait le même nombre de cheveux gris que maman, mais ce n'était sans doute pas une mesure très précise de l'âge de quelqu'un.

— Bonjour, avez-vous un moment ? lui ai-je demandé.

Elle s'est arrêtée, a souri, et m'a dit qu'elle avait tout le temps du monde. J'ai souri en retour. En effet.

— J'allais chercher ma Professeure, mais peut-être pourriez-vous m'aider. J'ai besoin de conseils. Dois-je faire une demande formelle ? Y a-t-il une procédure à suivre ? ai-je demandé avec autant de révérence que possible.

— Je suis là, maintenant, ce qui fait de moi ta Guide, a-t-elle répondu.

Elle m'a demandé si je voulais marcher avec elle et j'ai acquiescé. Elle m'a conduite vers l'une des portes donnant sur la cour. Les enfants jouaient dehors, et c'était un plaisir de voir toutes ces mini-moi rire et courir partout.

— Quand pourrai-je rencontrer les petites ? ai-je demandé soudainement.

Elle a souri avec tendresse aux petites qui jouaient dans le bac à sable. Elles étaient si adorables avec leurs mains et pieds potelés, remuant leurs orteils dans le sable.

— Lorsque tu ne feras plus partie d'un groupe, tu pourras accéder à tes versions plus jeunes et plus âgées, a-t-elle répondu en poussant les portes cochères menant aux jardins extérieurs.

Tandis que nous marchions vers le lac, je lui ai parlé de mon incapacité à joindre les membres de mon groupe ou le Château cet après-midi-là. Elle a hoché la tête avec compréhension.

— Te souviens-tu comment tu es arrivée ici la première fois ? a-t-elle demandé.

Je m'en souvenais.

— J'étais en état de béatitude, me prélassant au soleil, ai-je dit.

— Exactement. Ta vibration était élevée, et le Château est apparu, a-t-elle dit.

C'était vrai.

— Comment te sentais-tu hier après-midi ? a-t-elle demandé.

— Inquiète que mes amis me détestent, puis frustrée quand je n'ai pu joindre personne pour obtenir de l'aide, puis irritée par tout, ai-je répondu.

— As-tu remarqué comment ça a empiré progressivement ? a-t-elle demandé, et j'ai acquiescé.

Elle poursuivit:

— As-tu eu l'occasion de consulter l'échelle émotionnelle sur internet ?

J'ai rougi et secoué la tête. Ça m'était complètement sorti de l'esprit. Les choses allaient si bien et puis j'avais commencé à voir Sam.

— Ne t'inquiète pas, mais assure-toi de regarder ça tôt ou tard, a-t-elle suggéré.

— Je promets ! ai-je répondu.

Nous étions arrivées à mon banc préféré et elle a suggéré que nous nous asseyions pour regarder les canards.

— C'étaient des émotions négatives. Tout ce qui est en dessous du contentement t'éloignera de ton Savoir et donc du Château. C'est pourquoi il est impératif que tu prennes des mesures quotidiennes pour maintenir ou élever ta vibration, a-t-elle expliqué.

— Comme quoi ? ai-je demandé.

— Comme faire une promenade, méditer, aller prendre une glace avec ta maman, a-t-elle répondu avec un clin d'œil.

J'avais remarqué ces pratiques dans les réalités des autres, mais je n'avais pas vraiment pris de mesures pour les intégrer dans ma vie.

— Les choses allaient si bien, j'imagine que j'ai pris pour acquis que je pourrais venir ici quand je le voudrais à partir de maintenant, ai-je répondu, baissant légèrement la tête.

— Il est important que tu comprennes que tu n'as rien fait de mal. Tu n'étais pas punie. Tout au plus, tu te punissais toi-même.

Elle a fait une pause un instant et a souri à nouveau, reprenant:

— Toute émotion qui n'est pas basée sur l'amour est forcément basée sur la peur. Connais-tu cette sensation quand tu es en proie à la peur ? Ta gorge se serre, ton ventre se tord, tout ton corps se crispe.

— Oui ! C'est comme si un géant essorait toute la joie de ton corps, ai-je répondu.

— Exactement. Sauf que tu es ce géant, tordant le tuyau par lequel la force vitale, ou l'amour, s'écoule. Il est impossible de penser clairement quand on est coupé du flux d'amour, a-t-elle expliqué.

Ça avait parfaitement du sens.

— Mais comment éviter d'avoir peur, ou de me mettre en colère, ou d'être frustrée ? Ça pourrait me prendre des années pour maîtriser mes pensées et mes émotions comme ces moines bouddhistes ! me suis-je lamentée.

— Tu n'as pas besoin de maîtriser tes émotions, ni même de surveiller tes pensées. Tu dois prendre les devants. Tu attires toujours des personnes et des situations qui correspondent à ta vibration. En commençant ta journée avec une vibration élevée, tu t'assureras d'avoir une excellente journée, tous les jours ! a dit la Guide joyeusement.

— Mais je ne peux pas être heureuse tout le temps, si ? ai-je demandé.

— Non, et ce n'est pas nécessaire. Tu as juste besoin de te sentir satisfaite ou contente. Compte tes bénédictions, concentre-toi uniquement sur les choses qui vont bien, et laisse les autres choses se régler d'elles-mêmes. Quand tu rencontres un défi plus important, règle-le ici, avec nous. Essaie quelques solutions ici avant de les essayer dans ta vie éveillée, a-t-elle suggéré.

Devant mon expression confuse, elle a ajouté :

— Nous t'apprendrons comment faire ça en temps voulu. Mais pour l'instant, quand la vie te lance une balle courbe, suis-la simplement. C'est juste un jeu et tu es là pour gagner, a-t-elle dit.

Elle s'est alors levée et a commencé à retourner vers le Château. Quand j'ai voulu la remercier, j'ai vu qu'elle avait disparu dans le vent.

Je suis restée assise un moment de plus, savourant le soleil sur mon visage au milieu de la nuit.

CHAPITRE
TRENTE-CINQ

Le lendemain matin, j'ai pris exemple sur les versions sportives de moi-même et je suis sortie. Pas question de faire du jogging, mais je pouvais emprunter mon sentier préféré jusqu'au lac. Maman, déjà installée dehors avec son café, avait haussé un sourcil interrogateur en voyant mon short et mes baskets à une heure si matinale.

— Je vais faire une petite promenade matinale, ai-je dit avant de la laisser à sa dégustation méditative de café.

Il faisait déjà chaud, et j'ai rapidement enlevé mon sweat à capuche. J'étais contente d'avoir apporté ma bouteille d'eau car j'avais soif au bout de quelques minutes. Je marchais d'un bon pas, autant pour l'exercice que pour garder cette promenade aussi courte que possible. Pas question de traîner aujourd'hui. Je n'avais pas besoin de gaspiller ma journée pour élever mes vibrations.

Juste sentir le soleil sur mon visage, entendre les oiseaux bavarder dans les arbres et respirer l'odeur des pins dans les bois suffisait à me mettre de bonne humeur. J'ai suivi le sentier qui longeait le lac mais ne me suis pas assise. J'y étais déjà venue hier soir ! De plus, tous les canards se prélassaient au soleil sur le ponton avant l'arrivée du responsable des bateaux pour la journée. Je leur ai fait un petit signe de la main et j'étais certaine qu'ils ont tous répondu par un coin-coin.

De retour à la maison, j'ai été surprise de voir un vélo dans notre allée. Une fois à l'intérieur, j'ai découvert à qui il appartenait. C'était Mel. Elle mangeait un muffin au comptoir de la cuisine tout en discutant avec maman de la pièce de théâtre de l'école. Le spectacle était prévu pour vendredi et elle était très excitée.

Quand elle m'a aperçue, elle a arrêté de parler et s'est levée.

— Salut, Clare, a-t-elle dit.

Elle semblait nerveuse et je ne savais pas pourquoi. Peut-être avait-elle essayé de m'envoyer un message et, n'obtenant pas de réponse, avait décidé de venir ici à la place. Je n'avais pas vérifié mon téléphone en me réveillant.

— Salut, Mel, ai-je répondu calmement, lui laissant l'espace nécessaire pour dire ce qu'elle était venue dire.

— Tu veux qu'on aille à l'école à vélo ? a-t-elle proposé avec un sourire hésitant

. Soulagée, j'ai souri à mon tour.

— Oui, bien sûr. Dans ce cas, je ne vais pas prendre de douche si on va transpirer en chemin. Je vais juste me changer et mettre une tenue conforme au règlement de l'école, ai-je dit avant de me diriger vers ma chambre.

Je n'avais pas prévu d'aller à l'école ce matin puisque je n'avais pas d'examen, mais j'allais accepter cette branche d'olivier. Je pourrais toujours passer à la session de rattrapage de sciences et revenir ensuite. J'ai fourré mes affaires dans mon sac à dos, attrapé un muffin et embrassé maman pour lui dire au revoir.

J'ai mangé le muffin en allant chercher mon vélo dans le garage, puis nous sommes parties.

— Alors, je ne sais pas si tu as lu mes messages d'hier soir, a-t-elle commencé, les yeux fixés sur la route devant elle.

— Pour être honnête, non. Sam et maman m'ont suggéré de simplement te laisser de l'espace, ai-je répondu.

— C'est super. Sois sympa et supprime-les tous. J'ai exagéré. Je suppose que je me sentais juste mise à l'écart. Pas que toi et Sam m'excluiez, mais avec Julie qui sort avec James, et vous deux qui formez un couple, je me sentais littéralement comme la cinquième roue du carrosse, a-t-elle dit.

— Je suis vraiment désolée qu'on ne te l'ait pas dit avant. Je crois qu'on ne voulait pas perturber la dynamique du groupe tant qu'on n'était pas sûrs que ça marcherait, ai-je dit.

— Je comprends. Et, pour être franche, j'aurais fait pareil. Ça aurait été gênant pour tout le monde si vous l'aviez dit tout de suite puis découvert que c'était une erreur, a-t-elle répondu.

— Je suis tellement contente que tu sois passée ce matin et qu'on ait eu cette conversation. Comment Julie le prend ? lui ai-je demandé.

— Elle a dit qu'elle savait que vous finiriez ensemble et qu'elle était heureuse pour vous. Je crois qu'elle est tellement prise dans sa petite bulle d'amour qu'elle veut que tout le monde sorte avec quelqu'un, a-t-elle répondu avec un petit rire.

— Alors, toujours amies ? ai-je demandé timidement, lui jetant un regard en coin.

— Toujours, a-t-elle dit en tendant son poing pour un check.

Ma main est allée à la rencontre de la sienne, mais nous avons failli entrer en collision. Nous avons tellement ri que nous avons dû nous arrêter pour reprendre notre souffle à un pâté de maisons de l'école.

Nous étions en avance, alors Mel m'a demandé des détails sur ma relation naissante avec Sam. Je lui ai donné la version courte. Il n'y avait pas vraiment de version longue de toute façon, nous étions encore en train de la construire. Quand j'ai eu fini, nous sommes remontées sur nos vélos et nous sommes dirigées vers le parking à vélos. Je l'ai accompagnée jusqu'à son casier, lui ai souhaité bonne chance pour son examen, et je suis revenue chercher mon vélo.

Je n'avais pas besoin des sessions de rattrapage et je serais bien plus à l'aise à la maison pour étudier sous le gazebo. Sur une impulsion, je me suis dirigée vers la maison de Sam. À cette heure-là, il était plus de neuf heures et il était seul chez lui. Nous n'avions jamais été seuls auparavant, il y avait toujours quelqu'un autour.

Il m'a invitée à entrer et m'a demandé si je voulais quelque chose à manger ou à boire. J'ai refusé. Nous nous sommes assis sur son canapé, moi serrant toujours mon sac à dos que j'avais enlevé. Nous n'avons rien dit pendant au moins trente secondes. Mon cœur battait la chamade, et les battements devenaient assourdissants dans mes oreilles.

J'ai sursauté quand Sam a pris mon sac à dos et l'a posé par terre. Mes mains ont commencé à s'agiter, alors il en a pris une. L'autre s'agitait sur mes genoux comme un poisson hors de l'eau. Il l'a prise aussi et l'a tirée pour que je me tourne légèrement vers lui.

Ses yeux étaient fixés sur nos mains, son pouce traçant un motif invisible sur ma main. Il s'est levé et m'a tirée avec lui, me rapprochant encore un peu. Il a alors levé les yeux et j'ai reçu toute la force de son regard.

Nous nous perdions dans les yeux de l'autre, des étincelles dorées allant et venant entre nous. Il a souri lentement. Mes lèvres se sont courbées pour former la même expression. Nous sommes restés là, main dans la main, absorbés dans la galaxie que nous avions créée entre nous. Nos visages gravitant de plus en plus près jusqu'à ce que nos lèvres se rencontrent. Doucement d'abord, comme si elles s'étaient accidentellement heurtées comme des astéroïdes. Puis plus fermement.

J'ai souri. Il a souri. Nos dents se sont entrechoquées et nous avons éclaté de rire, ce qui a fait cogner nos fronts. Mais au lieu de nous éloigner et de frotter la bosse qui allait sûrement se former, nous sommes restés là, front contre front comme des éléphants amoureux.

— Je t'aime, Clare Knox, a-t-il dit d'une voix claire et assurée.

— Je t'aime, Samuel Goodman, ai-je répondu dans un souffle émerveillé.

Nous nous sommes embrassés à nouveau, sérieux maintenant mais sans nous presser de répondre à l'appel des hormones qui commençaient à s'agiter. Sam a lâché mes mains et m'a entourée de ses bras. C'était l'étreinte la plus proche, la plus serrée que nous ayons jamais échangée. C'était incroyable. C'était comme de l'amour, de l'amitié, de la sécurité, de l'excitation, et même un peu d'aventure, tout cela réuni en un. C'était une vibration élevée. C'était la vibration la plus haute. C'était le pur bonheur. Le meilleur jour de ma vie.

Et j'ai su alors que si je voulais me sentir comme ça tous les jours, tout ce que j'avais à faire était de commencer la journée par une promenade comme aujourd'hui, ou une méditation comme maman le faisait, ou n'importe quoi qui me mettrait de bonne humeur. Il était à peine dix heures et j'avais déjà passé une journée incroyable.

Nous nous sommes finalement séparés et Sam m'a demandé si maman était à la maison. Quand j'ai dit qu'elle y était, il a suggéré que nous allions chez moi pour étudier, car ses parents n'aimeraient pas que nous soyons seuls à la maison, et il a admis qu'il avait du mal à garder ses mains loin de moi. Je ressentais la même chose. Nous n'avions pas besoin de nous sauter dessus juste parce que nous étions seuls pour la première fois.

Nous avions tout le temps du monde.

Fin

Si vous avez aimé ce livre, merci de laisser un commentaire sur
Goodreads ou votre plateforme préférée.
Les commentaires m'aident à atteindre de nouveaux lecteurs.

Lisez **La clé des ancêtres**, le premier livre de *La série Evers*.

Trouvez tous mes livres ou rejoignez ma Newsletter pour en obtenir un extrait GRATUIT.
www.mhlebeault.com

À PROPOS DE L'AUTEURE

Des histoires positives et inspirantes.

Marie-Hélène vit à Sherbrooke, au Québec. Enseignante à la retraite, elle consacre désormais ses journées à l'écriture et à la promotion de ses oeuvres. Elle aime lire, voyager et aller à la plage. Chaque année, elle part un mois en solo vers une nouvelle partie du monde.
www.mhlebeault.com

Suivez-la sur les réseaux sociaux !

facebook.com/mhlebeaultauthor

x.com/mhlebeault

instagram.com/mhlebeault

amazon.com/author/mhlebeault

bookbub.com/authors/marie-helene-lebeault

goodreads.com/mhlebeault

linkedin.com/in/mhlebeault

tiktok.com/@mhlebeaultauthor

Autres livres de l'auteure

La série Evers - Littérature jeunesse fantastique

La clé des ancêtres

L'académie

La marcheuse du temps

Le voyageur des mondes

La clé perdue

Magie de sang - Littérature jeunesse fantastique

Mage de sang

Magie de sang

Héritage de sang

Il était une malédiction - Romance fantastique

Une malédiction de neige et de cendres

Une malédiction d'épines et de torpeur

Une malédiction de verre et d'ombres

Une malédiction d'argent et de blessures

Université du Pôle Nord - Romance paranormale

Métamorphes de Noël

Le gardien du serment (Gratuit)

Givre de Noël

Solstice de Noël

Malédiction de Noël

Étincelle de Noël

Félicité Conjugale

Inadaptés du gui

Hors série

Les douze vies de Clare - Réalisme magique

Utopie - Science fiction

Chroniques des cadets interstellaires - Science fiction

Frissons Nocturnes - Suspense/Horreur

Défenseurs du Royaume

Le combat de la flamme sacrée (Gratuit)

L'éveil du pouvoir

La quête du crotale d'émeraude

Un été de révélations

La quête de l'arbre primordial

Un été des contraires

La quête de la plume spectrale

Un été d'épreuves

La quête de l'encre du Kraken

Un été de prophétie

La quête des miroirs ensorcelés

Un été d'alliance

Fée grand-mère - Albums jeunesse pour les 3 à 7 ans

Mimi visite l'Antarctique

Mimi visite le Pôle Nord

Mimi visite la Chine

Mimi visite l'Afrique

www.ingramcontent.com/pod-product-compliance
Lightning Source LLC
Chambersburg PA
CBHW031309280626
47169CB00017B/1069